作者近照

电影剧照

电影剧照

电影剧照

电影剧照

电影剧照

电影剧照

电影剧照

伊犁河谷

刘凡 著

团结出版社

图书在版编目（CIP）数据

伊犁河谷 / 刘凡著. -- 北京 : 团结出版社,
2018.2
ISBN 978-7-5126-6082-3

Ⅰ. ①伊… Ⅱ. ①刘… Ⅲ. ①长篇小说－中国－当代
Ⅳ. ①I247.5

中国版本图书馆 CIP 数据核字(2018)第 043828 号

出　版：团结出版社
（北京市东城区东皇城根南街 84 号　邮编：100006）
电　话：（010）65228880　65244790　（出版社）
（010）65238766　85113874　65133603（发行部）
（010）65133603（邮购）
网　址：http://www.tjpress.com
E-mail：zb65244790@vip.163.com
fx65133603@163.com（发行部邮购）
经　销：全国新华书店
印　装：三河市东方印刷有限公司

开　本：170mm×240mm　　16 开
印　张：14
字　数：141 千字
版　次：2018 年 2 月　第 1 版
印　次：2018 年 2 月　第 1 次印刷

书　号：978-7-5126-6082-3
定　价：46.00 元

目　录

再版又记

对任何作者来说，他写的小说能够再版，是莫大的荣幸。

小说改编成电影《伊犁河谷》参加完上海电影节后，接着就在全国院线上映，没有想到的是这部电影被推荐为庆祝党的十九大胜利召开的优秀国产影片，在党的十九大会议期间，在央视电影频道黄金时间播出。

出版社的同志和我商量，能否将小说再版一次，把电影里的一些元素、情节融进去，把导演、演员的创作也融进去，充分展现那个年代，在伊犁河谷发生的美人、美事、美景。尝试用非电影小说的形式，将《伊犁河谷》小说再版。这是一种创作的新尝试，当我再次享受这个过程时，真诚的希望和读者跟着再版小说出发，一起去领略伊犁河谷风光，重温 1952 年发生在伊犁河谷的那些故事。

伊犁河谷不仅有《天山景物记》中描述的“奇绝仙境”，而且作为古丝绸之路北线和新亚欧大陆桥的要道，一直交流、荟萃着东西方文化，担当军事经济之要冲，遗留下大量富有草原文化特色的人文名胜。这里自古就是我国多民族栖息之地，先秦时为塞人牧地；西汉初年为大月氏所据；由汉迄晋伊犁为著名的乌孙国所在地。乌孙是现代哈萨克族的祖源之一。张骞凿空通西域，汉乌通好，汉公主昭君和解忧相继和亲嫁给乌孙王。隋唐为西突厥及回鹘地；元、明为蒙古诸王封地；明末清初为准噶尔部游牧地。1755年清乾隆平定准噶尔部，统一西域。之后清廷在此设置“伊犁将军府”，作为西域最高军事行政长官，总管天山南北和巴尔喀什湖及帕米尔诸地。今天，伊犁河谷生活着维吾尔、汉、哈萨克、回、蒙古、锡伯、乌兹别克、俄罗斯等47个民族，构成了多姿多彩的西域风情。

“不到新疆，不知中国之大”；“不到伊犁，不知新疆之美”。伊犁河是一条绵延1500公里的国际河流，发源于哈萨克斯坦境内，由西向东流进入中国，然后向北与右岸的巩乃斯河汇合，共同汇入喀什河后始称伊犁河。西流霍尔果斯河汇入后又回到哈萨克斯坦，最后注入巴尔喀什湖。由于其“三山夹两谷”的独特地貌，北可抵御西伯利亚的干冷气流；东可抗拒哈密、吐鲁番等盆地的干热；南可阻止塔里木沙漠风沙的入侵；西可大量接受来自大西洋的湿润水汽。北部和中部山岭之间为伊犁河谷，它东西长360公里，南北最宽处275公里，面积5.6万平方公里。伊犁河谷降水丰沛，气候湿润，山清水秀，特产富饶，是著名的“新疆羊”“伊犁马”的故乡，素有“中亚绿洲”“塞外江南”“西域天府”美称。

伊犁河谷自然风光美轮美奂。《西域同文志》称：“维语伊犁即伊勒，光明显达之谓。”中国最美的森林、最美的草原、最美的山川云集于此。在极具权威性和影响力的《中国国家地理杂志》“选美中国”评选活动中，由全国“两院”院士、著名美学家组成的总评审委员会，共同推选：

★库尔德宁天山雪岭云杉林为“中国最美的十大森林”之首；

★伊犁草原为“中国最美的六大草原”第二名；

★附近的巴音布鲁克为“中国最美的六大沼泽湿地”第二名；

★赛里木湖入围“中国最美的湖泊”十六强。

而在整个“大美新疆”，总评审委员会共同推选：

★克拉玛依乌尔禾风城、罗布泊的白龙堆雅丹、三垅沙雅丹包揽“中国最美的三大雅丹”前三名；

★喀纳斯湖为“中国最美的五大湖”之首；

★塔克拉玛干沙漠、古尔班通古特沙漠为“中国最美的五大沙漠”第二名、第三名；

★托木尔冰川、特拉木坎力冰川为“中国最美的六大冰川”第二名、第六名；

★喀纳斯图瓦村为“中国最美的六大乡村古镇”第三名；

★乔戈里峰为“中国最美的十大名山”第七名；

★轮台胡杨林为“中国最美的十大森林”第七名；

★天山库车大峡谷为“中国最美的十大峡谷”第十名。

可以说，伊犁河谷是人人向往的地方，是没有来过的人想不到的地方，是来过的人不想离开的地方，是离开的人还想再来的地方。她的美好、她的醇厚、她的变化，让我们无时无刻不惦念在心，无时无刻不牵肠挂肚，无时无刻不魂牵梦绕。

1949年9月25日，陶峙岳将军发出起义通电，新疆和平解放。然而各种敌对势力却不断策划和制造事端。面对当时新疆错综复杂的形势，党中央命令王震将军率领中国人民解放军第一兵团火速进疆。

进驻伊犁河谷的解放军骑兵团就是奉命进疆部队之一，是王震将军的骄傲。“这一永垂不朽的艰巨而重大的任务”，光荣地落在他们身上。在那个峥嵘岁月，他们穿越戈壁荒漠进入伊犁河谷，剿灭残匪，屯垦戍边，发展经济，迅速稳定了当地的社会秩序，为促进各族人民的团结，维护祖国统一，倾注了全部精力。

我曾在新疆学习生活过十多年，这部非电影小说描述的是1952年新疆发生的故事，那一年，是可以穿越时空的一年。那一年毛泽东主席发布命令：“你们现在可以把战斗的武器保存起来，拿起生产建设的武器。当祖国有事需要召唤你们的时候，我将命令你们重新拿起战斗的武器保卫祖国。”

这部非电影小说的基本构架是“大情怀、纯爱情、大时代”。这样的情怀，经历了人性、人格、人的生存底线的挑战；这样的纯爱情，淋浴在美人、美事、美景之中；这样的大时代，始终为国家、民族、理想“光荣绽放”。也由此形成了小说抒情怀中讲政治，谈爱情中含理想，写时代中蕴文化的特色与亮点。在小说中，我努力创作出突出国家概念、突出人性美和自然美、突出第一代“西部雄鹰”和“军垦母亲”的作品，创作出一部在大美风光、民族风情的背景下向沙海荒原进军、屯垦戍边建设新疆保家卫国的西部英雄史，一部重寻“生命基因”、弘扬主流价值、赞美纯洁爱情的人类精神史，一部讴歌国家统一、维护新疆稳定、促进民族团结和“天人合一”的中华圆梦史。

这部非电影小说重点描述了那个年代，他们所经历人性、人格、人的生存底线挑战的“大情怀”

第一代“西城雄鹰”和第一代“军垦母亲”跋山涉水“华丽转身”，一手持枪，一手拿镐。据兵团史志办公室记载，兵团成立之初共计17.5万人，由三路大军集体就地转业，组建成世界上独一无二的新疆军区生产建设兵团。十七万雄性的力量，撑起了西域的脊梁；先后到达新疆的十七万母性的温柔，孕育了云杉参天、山花烂漫，生生不息。他们勇于奉献、甘愿牺牲，“献了青春献终身，献了终身献子孙”，最经典地体现出了革命的英雄主义和浪漫主义的大情怀。他们不仅经历了人性、人格、人的生存底线的挑战，而且英勇地越过了这一挑战。这样的大情怀是世界人类史上的壮举，是经得住多角度多学科认真研究和探索的“人类精神活化石”。

在这部非电影小说里尽力写出那个年代的人们沐浴在美人、美事、美景之中的“纯爱情”

在这样的大情怀下，淋浴于“大美新疆”的美人、美事、美景，人见人爱的第一代“西域雄鹰”和人见人爱的第一代“军垦母亲”演绎出人间最无私的纯爱情。这样的纯爱情与理想、信念、责任、奉献、信任、友谊血脉相连，经受住了重重的严峻考验，是现在年轻人不曾见识也难以企及的真性情。在小说里，伊犁河谷的山之美、水之美、树之美、花之美、天马之美、雄鹰之美，与荒漠对峙、与雪线对峙、与草原对峙，加上奔放的战友情、优美的民族风，展现出人类回归自然、传递真情最美的地方。

这部非电影小说始终突出为国家、民族、理想光荣绽放的“大时代”

我们用“大美新疆”最美的风光、各民族最美的音乐讴歌那个崭新时代。第一代“西域雄鹰”和第一代“军垦母亲”献身于新疆的经济建设、民族团结、社会稳定、边防保卫，他们属于一个为革命理想、国家利益、民族解放而战的大时代。那个大时代造就了他们的大情怀、纯爱情，他们也以自己的大情怀、纯爱情造就了那个大时代。在他们身上，凝聚着那个时代的核心价值观，那些核心价值观具有鲜明的时代性，同时又穿越时空，成为我们一脉相承、与时俱进的精神财富，成为今天要弘扬的兵团精神、新疆精神乃至社会主义核心价值体系的一个基因。这个价值体系是“根源于民族优秀文化和社会主义先进文化并吸收人类文明成果发展起来的”。真实再现第一代“西域雄鹰”和第一代“军垦母亲”的情怀和风采，不仅反映出建立新中国、诞生新疆建设兵团的那个时代，而且也是重寻我们的“生命基因”，重回我们的主流价值，以主旋律、人性美推动社会主义文化大发展大繁荣、实现中华民族伟大的“中国梦”。

习近平总书记说：“文化是一个国家、一个民族的灵魂。文化兴国运兴，文化强民族强。没有高度的文化自信，没有文化繁荣兴盛，就没有中华民族伟大复兴。”

在党的民族政策指引下，新疆各族人民展现出民族文化的自信，各民族兄弟姐妹亲如一家。小说从不同角度和侧面，反映出民族团结、新疆维稳、屯垦戍边的那一段波澜壮阔的历史……

在新疆伊犁，当地牧民每年的春、秋两季，都会将羊群、牛群转换放牧的场地，并称之为“转场”。每次“转场”都视为盛大节日，举行盛大联谊活动，其中“阿肯”弹唱是必不可少的节目，牧民们把心中的喜悦唱出来，把对美好生活的向往唱出来。记得有一年我和牧民们坐在一起，开始“转场”庆祝活动，我递上最近刚写好的一首诗，请县文工团团长，用弹唱的方式，唱出我对伊犁河谷的期许。

美丽的伊犁河谷
你的目光　那样静谧安详

揉碎了月色
伴着琴声浅浅的吟唱

美丽的伊犁河谷
你的胸怀　那样绵延宽广
润泽了万物
伴着清风接天的水光

走近你　亲吻你
初恋的情愫融入心房
爱上你　拥抱你
幸福的味道如醉如狂

啊！又见伊犁河谷
心头温热　泪流千行

我梦中的情人
我圆梦的地方

不得不说，新中国成立后的第一代屯垦戍边人，他们是“西域雄鹰”，她们是“军垦母亲”，他们相逢于伊犁河谷，留下一串串感人的爱情故事。伊犁河谷之美，是上苍所赐，是人类所创。他们以革命浪漫主义和革命英雄主义情怀，共同演绎了经典的记忆……伊犁河谷，在特殊时代以特殊方式，传诵着特殊的爱情，我热爱新疆，伊犁河谷不仅是我的向往，更是回归自然最美的地方。

刘凡　丁酉年于德泽草堂

引 子

伊犁河是伊犁的母亲河，是亚洲中部的一条内陆河，也是中国和哈萨克斯坦的国际河流，是中国新疆境内径流量最丰富的河流。千百年来，各族人民在此繁衍生息。伊犁河谷之美，是上苍所赐，是人类所创，这里是回归自然最美的地方。

伊犁河边，住着一位令人尊敬的、开明的巴依老爷，名叫巴拉斯提。他家世世代代都居于此地。他曾游学四方，深植着爱国情结，接受了进步思想，积极参加伊犁、塔城、阿勒泰“三区革命”，并与分裂势力作了坚决斗争，曾荣获三区革命委员会“一级和平勋章”和“一级解放勋章”。20世纪40年代末，新疆和平解放，中国人民解放军的一支骑兵部队就驻守伊犁，骑兵团是王震将军的骄傲，团长叫徐祖雄。他俩很快成为朋友。巴拉斯提大叔和这里的各民族同胞目睹了这支部队为维护祖国统一、新疆稳定和民族团结所做的贡献，目睹了他们革命的浪漫主义和英雄主义情怀，目睹了他们相逢于伊犁河谷，留下的一串串感人的爱情故事。

那些美人、美事、美景。

汗血宝马

骑兵团团长徐祖雄的坐骑是巴拉斯提大叔送的，是一匹“汗血宝马”，比三区民族军的马都好。巴依斯提大叔说，徐团长是“西域雄鹰”，只有这匹汗血宝马才配得上他。这是一匹纯汗血宝马与伊犁马交配生下的，至于它们怎么能交配成功，巴拉斯提大叔说不清楚，谁也说不清楚。巴拉斯提大叔说，马是上天赐给人类的礼物，马与生俱来有一种品性，可以领会人的精神不惜牺牲自己的生命。它会为你战斗！可以说，马是男人的翅膀，英雄的挚爱。

早在2100多年前，汉武帝就酷爱骏马，有人曾进献了一匹产于伊犁的乌孙马，汉武帝见此马神俊挺拔，非常喜爱，便赐名“西极天马”。汉武帝还曾为“天马”谱写了一首赞歌:“天马来兮从西极，经万里兮归有德，承灵威兮降外国，涉流沙兮四夷服。”可见“天马”的神威和军事作用。后来，汉武帝听说大宛国贰师城出产天下最名贵的骏马汗血宝马，被国王收藏起来，不肯示人。于是派出使团，带着重金和一具用纯金制作的马鞍前去大宛国，希望以此换到汗血宝马。几经交涉和交锋，汉军终于得到了一批汗血宝马。它们体形好、善解人意、速度快、耐力持久，长于长途跋涉，非常适合用作军马。汉朝骑兵引进它们后战斗力大增，从此汗血宝马在我国兴盛上千年。但不知为什么，元朝以后它们又消失得无影无踪。

最近，有日本研究人员宣称，在中国新疆天山一带发现汗血宝马。此言一出，中日两国的专家学者、新闻媒体议论纷纷。无论他的发现是否属实，有一点是世所公认的，那就是，位于天山脚下，素有“腾昆仑，历西极”之美誉的伊犁是良马的故乡。

新疆生产建设兵团

中国人民解放军第一兵团在王震将军率领下，从延安行军打仗，一直到新疆。战争把这支部队的战士们铸造成了特殊材料，他们战无不胜。1949 年 9 月 25 日，陶峙岳将军发出起义通电，新疆和平解放。然而各种敌对势力却不断策划和制造事端。面对当时新疆错综复杂的形势，中共中央命令他们火速进疆。“这一永垂不朽的艰巨重大的任务”光荣地落在他们身上。新疆稳定了，战士们又留在新疆屯垦戍边，组建生产建设兵团。这是王震、王恩茂两位将军建议的，毛主席批准成立的。毛主席说：“将光荣的祖国建设任务赋予你们。……你们现在可以把战斗的武器保存起来，拿起生产建设的武器。当祖国有事需要召唤你们的时候，我将命令你们重新拿起战斗的武器，保卫祖国。”

1954 年 10 月 7 日，一个专门从事农业生产建设的兵团组织，一个世界上独一无二的特殊建制——新疆军区生产建设兵团正式成立。根据兵团史志办公室史料记载，生产建设兵团组建之初共计 17.5 万人，主要由三部分组成：一是进驻新疆的中国人民解放军第一野战军第一兵团所属的第二、六两军大部；二是原驻新疆国民党部队“九·二五”起义后改编而来的中国人民解放军第二十二兵团全部；三是由伊犁、塔城、阿勒泰“三区革命”民族军改编而来的中国人民解放军第五军大部。三路大军集体就地转业，铸剑为犁，组成举世无双的农业生产大军，担负起征服荒漠、开发建设新疆、保卫边疆的历史重任。

第一代“军垦母亲”

屯垦戍边大军都是从战火中走来的军人，一些同志原以为解放了全中国就可以回老家，可以娶老婆，可以有热炕头，可以享清福，现在却为了祖国的需要留在新疆当“农民”。他们是干柴，时刻可以燃烧；他们又是烈火，随时可能燎原。谁都知道，多年的金戈铁马，他们都没碰过女人。“家”成了当时最大的问题。

王震将军对此非常重视，他说：“有了老婆安下心，有了孩子扎下根。”没有家室，军垦事业就会一代而终，祖国统一和边疆稳定也就无以为继。这其实是历朝历代屯垦戍边的宿命。

据《千秋伟业—新疆生产建设兵团征程》记载：1949 年从陕西、甘肃青年女学生中征兵 1000 余人；1951 年，从华东野战军医院征调未婚山东籍女医护军人 2000 余人；1950—1952 年从湖南征青年女兵 4000 余人；1952 年从老解放区山东征女兵近 3000 人；1954 年，新疆军区组织了庞大的妇女工作大队，分 14 个支队，配队长、政治指导员、管理员、卫生员、炊事员，到山东广征青年妇女近7000人。随后又分期分批组织战士回原籍找对象。到1956年，屯垦戍边将士“家”的问题基本得到解决。

这些来自天南海北的女兵，是最早进疆的女战士，她们也光荣地成为新疆生产建设兵团第一代“军垦母亲”。她们为新疆的屯垦事业“献了青春献终身，献了终身献子孙”，她们的后代成为兵团的第二代、第三代军垦人，现在仍是建设新疆，保卫新疆的主力军。

历史上的“屯垦戍边”

了解新疆，必须了解“屯垦戍边”的历史。

自西域纳入中国版图后，对它的开发、守卫以及它的长治久安，是历朝历代重视的大事。从汉朝开始，外敌不断攻掠北部边境。为了抵御匈奴，发展经济，西汉政治家晁错提出了“屯垦戍边”的学说，即，以边疆的土地供养边疆的军民，以边疆的军民保卫边疆安全。晁错认为，“屯垦戍边”不仅是利国利民、保卫边防的重要措施，而且是“利施后世，民称圣明”的长治久安之策。这些都为后世举办军屯、民屯、犯屯提供了重要依据。

公元前105年，汉武帝派军队到伊犁河谷中（古称眩雷）屯田，这是我国古代中央政府最早在西域创办的屯田。此后至西汉灭亡为止的113年间，西汉王朝曾组织两万多汉族军民在天山南北的西域都护府附近地区屯田50万亩。西汉在西域的屯垦，促进了西域的统一，捍卫了西北安宁，推动了边疆开发，加强了民族团结，增进了西域和内地的经济和文化交流，加速了丝绸之路的繁荣。

唐朝，兴起了中国历史上西域屯垦的第二次高潮。唐太宗借鉴汉代经验，在西域大兴屯戍。大至城镇守军，小到烽台驿站，有军即有屯，使西域屯军最多达十万之众。唐朝在西域大规模屯垦，确保了西域有一个安稳的社会政治局面，对增进各民族的向心力起到了极为重要的作用。

清王朝在新疆的屯田，主要集中在乾嘉时期和左宗棠平定阿古柏之乱后这两个时期。乾隆平定准噶尔叛乱后，便在新疆大兴屯田，以适应戍守的需要。屯田开始以军屯为主，并逐渐发展到民屯、遣屯（犯屯）、旗屯、回屯等多种形式。伊犁和乌鲁木齐成为两大屯垦中心。1864 年后，新疆爆发战乱，浩罕国的阿古柏和沙俄乘机侵占新疆绝大部分地区，新疆各种屯垦遭到破坏。左宗棠、刘锦棠大力发展民屯，乌鲁木齐变成新疆最大的屯垦基础和经济、政治中心。

“屯垦兴则西域兴，屯垦废则西域乱”，历史充分证实了“屯垦戍边”事业在中国统一大业中的重要地位、作用和使命。

20 世纪 50 年代初，这个被西方探险家称为“中世纪”的新疆，生产力极其低下，社会形态落后。毛主席发出了“屯垦戍边”的号召，驻疆人民解放军拉开了经济建设、民族团结、社会稳定、保卫边防的序幕，富有时代特色、集党政军企为一体的新疆生产建设兵团由此孕育，新中国“屯垦戍边”伟大事业由此奠基。

1. 中国古丝绸之路

新疆，中国古丝绸之路的必经之地。

1949 年 9 月，新疆和平解放。

1952 年，毛泽东主席对进驻新疆的中国人民解放军发布命令："你们现在可以把战斗的武器保存起来，拿起生产建设的武器，当祖国有事需要召唤你们的时候，我将命令你们重新拿起战斗的武器保卫祖国。"

"这一永垂不朽的艰巨而重大的任务"光荣地落在了进驻新疆的全体中国人民解放军战士肩上。

"屯垦戍边"，从全国各地征调的女兵火速抵达新疆。

战马、战车，集聚在乌鲁木齐的战士们，奔向天山南北。

一匹战马在嘶叫，徐祖雄骑着战马飞奔，他在两匹战马上不断变换姿势，保持马的速度，飞奔向前，追剿残匪。英勇的骑兵们快马紧随其后。

马蹄声……

山坡羊群；

马蹄声……

牧民毡房；

马蹄声……

美丽的伊犁河谷风景迎接着骑兵战士的胜利。

徐团长战马高高跃起，嘶叫。阳光下，伊犁河水波光粼粼，徐团长大声命令到："就此下马，安营扎寨。"骑兵们纷纷下马，跑向河边。

邱可法光着上身，对着河水大喊道："我来了，伊犁河！"

众战士跟着邱可法："伊犁河！我们来了！"

团长徐祖雄没有出声，依然立在骏马之上，默默打量着这片"塞外江南"，从那深邃的目光中，能看出他想把一切尽情收入内心深处，与喧嚣的邱可法这些男兵相比，徐团长的沉静似乎更有力量。

1952 年盛夏，在新疆乌鲁木齐通往伊犁的路上，一串长长的车队，摇晃晃、颠悠悠地走着。汽车上，坐的全是 20 岁上下的女青年，头戴沾满土灰的军帽，身着黄军服。她们大都闭着双眼，任凭汽车颠簸，车后的尘土随风扬起，模糊了所有人的视野。车队渐渐变得十分安静，每个人在赶车途中，心都在一点点地融化，每个人现在都渴望能拥有一些柔软的东西来包裹自己的心。

这支队伍，是响应毛主席号召，从全国各地到新疆参军的女兵。在山东临沂，组织上通盘考虑选调具有丰富工作经验的王喜凤作为领队。王喜凤来自沂蒙革命老区，曾任支前总指挥。她善良贤惠，美丽大方，一双传神的眼睛，一抹淡淡的笑容，显现出她的优雅、婉约。她淡定、坚忍，头上仿佛顶着一个耀眼的光环，独特的气质征服了这批比她年轻的女兵。她总是喜欢穿一件颜色特别鲜艳的内衫，红色、紫色，衬在黄色的军服里，露出一点点衣领袖口什么的。在长途行军路上，也不忘带上香皂、擦脸油和牙膏之类的生活必需品，还经常慷慨地送给那些爱美的姑娘们。王喜凤那双明亮的眸子顾盼生辉，像在沿途的远山近树、田野村庄中搜寻着失去的什么。新疆，对王喜凤而言既熟悉又陌生，她知道，新疆是祖国的边疆。启程之前她专门向来招女兵的新疆干部仔细打听过，她心中早有了那份神往和渴望，她要完成好组织交给的任务，带着这些女兵平安到达伊犁，让她们在那里保卫边疆、安居乐业。一路上，姑娘们都敬佩她，管她叫大姐。

进疆的大卡车上，王喜凤腿上趴着一个叫路华的姑娘，路华是跟着王喜凤母亲长大的，是革命烈士的遗孤。路华天真烂漫、开朗大方，那水灵灵的双眸，像是潭清澈的湖水。这次组织上派王喜凤作领队带这批女孩到新疆，路华主动要求跟随王喜凤。她像跟屁虫似的一刻也不离开王喜凤，她说，这是互相照应。路华把王喜凤当偶像，王喜凤也非常喜欢这个小姑娘，特别是她那笑声，那么天真、纯洁、阳光。

车队蜿蜒蛇行，千回百转。姑娘们本能地竖起衣领，缩着脖子，弓着身子在漫天风沙中往背风方向躲。“中国怎么这么大呀！”“新疆怎么这么远呀！”“伊犁还有多远呀！”队伍中不时传出几个弱小女子的声音。

这支队伍出发之前，在简陋的乡委会门前，王喜凤正同几位乡干部研究部署工作，王喜凤精明、干练，行事中有着男人般果断凌厉的作风。

一乡干部向她请示：“乡长，这批棉被和鞋子已经加工完成，什么时候运到部队？”

王喜凤果断地：“越快越好，抓紧落实，部队急需这批物资过冬。”转身又对身旁的路华说：“你抽空到几户军烈属家看望一下，给他们送点药品，帮他们解决一些实际困难。”

路华故意把头高昂，道：“是，保证完成任务。”

大喇叭里播放着热烈欢快的新疆乐曲，吴文化等几个军人和王喜凤等青妇会干部一起正向围观的女学生们散发宣传单，身后的墙上贴着“保家卫国，建设边疆”的标语。

路华和几个同学围着王喜凤好奇地问东问西。

路华：“姐，听说新疆人都长着红头发、绿眼睛，怪吓人的？”

王喜凤：“胡说，那儿的小哥大嫂标致着呢！不信你问从新疆来的吴干事！”

吴文化笑：“王大姐说的不错。新疆人个个能歌善舞。你们想，爱唱歌、爱跳舞的人还能长得不标致？”

王喜凤："不光人美，地方也好啊！又有山又有水，一年四季开不完的鲜花，吃不完的水果。"

郝根生排长插嘴说："军队里的条件就更甭提了，顿顿大米白面，住的是楼上楼下，用的是电灯电话！"女生们发出一片惊喜的赞叹声。

王喜凤："对吧，吴干事？"

吴文化虽觉得郝根生说得过了些，但还是以笑代答："……呵呵，呵呵。"

路华："你们那儿有战斗英雄吗？"

吴文化来了劲："有哇！郝根生排长就是战斗英雄，还有咱们骑兵团团长徐祖雄，更是全师的战斗英雄，他战功赫赫，有勇有谋，他的故事几天几夜都说不完。"

路华一脸的崇拜："是吗？回头你给我讲讲。"

王喜凤把吴干事叫到一边，低声问："吴干事，你刚才说你们团长叫什么？"

吴文化："徐祖雄呀！"

王喜凤："就是那留学苏联什么学院的？"

吴文化："苏联伏龙芝军事学院的高才生！"

王喜凤一脸喜悦。

路华："好，我报名！"

几个女生争先恐后："我也报名！"

午后的阳光斜照在玻璃窗上，温暖、刺眼。

一只蛾子挥动着翅膀，在玻璃窗上舞动，寻找出路。

年轻美丽的郑招娣坐在靠窗的椅子上，她面容姣好，注视着窗上的蛾，忧郁，伤感。郑招娣共和国成立前曾在百乐门做过舞女。

突然，大门被撞开，郑招娣被一只大手从背后把椅子推倒，郑招娣倒在地上。回头倔强地看着推她的人。

穿制服的男人对她大声说道："好好想想，你一个舞女给谁摆谱，答应嫁给我，就放你出去过好日子。"

郑招娣倔强怒视没回答。

"啪！"男人狠狠地给了郑招娣一耳光："让你不识抬举，骚货。"

屋内有其他的女人惊愕地看着眼前这一幕，鲜血从郑招娣的嘴角流出，她面无表情。

"你混蛋！"

"你还敢骂人？"

"我不但敢骂你，还敢告你！还敢杀了你！"

"你……"男人转身摔门而去。

郑招娣把一颗带血的牙齿吐在手心，目光坚毅，把手紧握成拳头。

妇教所正在召开征招进疆女兵动员大会，主席台上挂着横幅：响应国家号召支援边疆建设，争做社会主义新人。

台下坐着整整齐齐的年轻女人，郑招娣坐在其中，她眉清目秀，在人群中十分显眼。

领导在台上慷慨激昂地演讲："女同胞们，经过长时间的学习和劳动，你们的思想已经得到了净化，觉悟已经有了很大的提高。现在祖国需要你们到边疆去，充实我们的革命队伍，希望你们不辜负人民的期望，踊跃报名参军，争做社会主义新人，为新中国的建设事业做贡献。现在请你们认真考虑考虑，接下来可以报名了。"

台下议论纷纷，大家都在犹豫。

正在这时，郑招娣站起来打破了僵局，她将手举过头，平静地说："我报名！"

台下哗然。

郑招娣说："感谢政府，我报名当兵。"

当众人怀疑的目光再次投向郑招娣时，她说："你们知道我为什么到妇教所吗？你们永远不知道。我说我爱国，你们相信吗？你们永远不相信！我有女人的尊严，我什么都不怕。"郑招娣坚定地、一字一句地说。

在华东解放军野战军医院，女护士肖迎春在病房紧张忙碌，一会儿看下病人的病历，一会儿又看下挂在床头的吊瓶，一会儿又俯下身对病人说着什么。

主治医生走过来："迎春，赶快准备一下，新送来的伤员情况不好，马上需要手术。"

肖迎春："好的！"

男医生："唉，要是前方部队的医疗条件再好一点，战士的生命就更有保障了。"

肖迎春若有所思。

那时，报考参军很光荣，但到新疆去当女兵，许多家长还是不乐意的。在湖南长沙一个富裕的家庭，一把铁锁将房门锁住，声音从里面传出。解悄然在屋里使劲拍打房门，呼喊着："放我出去！我的申请已经被批准了，现在就是解放军了。你们这么做是非法拘禁革命军人，我、我要告你们！"

河谷高坡，青青草原。

骑兵团长徐祖雄、政委阿里木江、哈萨克族老人巴拉斯提大叔和几个战士骑马由远及近。

徐祖雄指着河谷的兵营，笑着说："巴拉斯提大叔，根据部队首长命令，从今天起我们就要在这块美丽的地方驻扎下来了。俗话说远亲不如近邻，我们军民要成为一家人，您老可是我们的大家长啊！"

巴拉斯提："哈哈，徐团长，你高看我了！你们来了以后，既保护我们平安，又帮着我们搞建设，是我们的恩人。今后部队的事情也就是我们的事情，你尽管放心吧。"

2. 女兵进疆

西安火车站站台上，女兵们陆续在这集中，上海、山东、湖南几路女兵汇合。

郑招娣走到郝根生排长身边：“首长，有没有去伊犁的部队？”

郝根生：“有啊，骑兵团就是去伊犁的部队。”

郑招娣：“能把我分去那里吗？”

郝根生：“怎么，你在那儿有熟人？”

郑招娣略一迟疑：“我要去找我男人。”

郝根生诧异：“去找你男人？”

郑招娣点头。

郝根生用手一指：“去伊犁的部队就在前面。”

郑招娣向前走，来到去伊犁骑兵团的女兵面前：“请问，你们是去伊犁的部队吗？”

身旁的路华热情地跟她打招呼：“是呀，你也去伊犁？我叫路华。你呢？哪里人？”

郑招娣:“我叫郑招娣，是从上海来。”

肖迎春:“从上海去新疆？真不简单！看你的样子也是学生吧？”

郑招娣张张嘴，没说什么。

王喜凤:“到底是上海的妹子，多水灵！”

正在这时有人喊道:“招娣！”

众人回头，一上海来的女兵跑过来故作亲热地拉住郑招娣，拿腔拿调地:“招娣呀！咱们姐妹一场，你哪能舍得抛下我们一个人走呢？”她的语言姿态令王喜凤等人侧目，同时用异样的眼光打量着郑招娣。

招娣被上海来的女兵拉着走了。肖迎春压低嗓子说:“喜凤姐，听说，这批女兵中，有从上海妇教所来的？”

喜凤瞪大眼睛说:“真的呀？”

路华问:“妇教所是什么地方？”

肖迎春说:“消息绝对可靠！”

新疆和平解放后，党中央决定把维护新疆的政治经济稳定，巩固国家统一与民族团结作为开发新疆的根本。久经沙场、铁血柔肠的王震将军首先想到的是“没有老婆安不了心，没有儿子扎不了根”，由此在全国征招女兵。征召来的女兵怀着青春的梦想和建设边疆的热血情怀来到了戈壁深处，来到了伊犁河谷。

“走啊走，往前走，走到西域最里头，这里姑娘最漂亮，这里景色最风光……”赶车人亮了一嗓，迷糊的姑娘们全醒了。她们开始活跃起来，“漂亮姑娘在哪？”路华冲着赶车人高声问道，赶车人故意悠悠地答道：“在车上……”路华笑了，女兵们都笑了，笑得那样的灿烂，那样的纯真。

女兵们都第一次出远门，第一次来新疆。她们怀着理想，带着梦想，个个摩拳擦掌，心潮澎湃，要保家卫国建设边疆。但是一路风尘，乘火车、转汽车，车是“老爷”车，再坐“六根棍”的马车，长时间的艰苦行程让她们多了一份情绪波动，她们压根儿想不到路这么遥远、这么艰难。姑娘们脸上的红润不见了，笑声少了。偶尔见到个别姑娘滑落几滴眼泪，那是长途行军思家的感伤。她们一路的经历，无序地拼凑到一起，悠长的出塞曲在心底里轻轻响起，阳关万里送，不见一人归，惟有河边雁，秋来南向飞。

长长的运兵车队卷起尘土飞扬。第一辆和最后一辆是带枪的男战士，中间汽车上全是女兵。

队伍中出现了王喜凤和路华的身影，女兵们穿着统一的军装，只有王喜凤着便装。

王喜凤指着眼前的景色：“路华，快醒醒！”

路华趴在王喜凤腿上，迷迷糊糊地睡着。听见王喜凤叫自己，揉揉眼，向王喜凤指的方向望去，只见翠绿的山野，漫坡的牛羊。

王喜凤：“你真行，这么颠的路，也能睡着。”

路华：“晚上睡不着，后来又做梦了。姐，刚才把你腿压疼了吧？”

王喜凤笑着没有回答。

路华：“姐，我们都走了这么多天了，伊犁怎么还没有到啊！”

王喜凤：“我想应该快了。”

路华：“姐，这新疆离咱们老家这么远，你要是不在，我会老想你了。”

王喜凤：“傻丫头，组织上就是派我来送你们，你们安全抵达，我的任务就算完成了。”

路华：“姐，你就放心吧，不会给你丢脸的。”

王喜凤：“姐就是放心不下你呀。”

另一汽车上，郑招娣、解悄然、肖迎春和一群女兵坐在一起。

肖迎春问解悄然：“姐，你是哪里人？”

解悄然：“湖南。”

肖迎春：“哦，湘女呀。人家都说湘女多情啊，是不是？”

解悄然也不解释，笑道：“你是东北人吧，嘴巴真甜，见人就叫哥呀姐呀。”

肖迎春：“这可不是套近乎，我们这叫迅速拉近距离，你说是不？”

肖迎春的风趣把女兵们都逗笑了。

郑招娣面露浅浅的笑容看着她们，想着自己一段挥之不去的往事……

她出生于大上海，自小聪明伶俐，标致的脸庞花儿一样迷人，特别是歌唱得动听。可是她命运不济，上海解放前夕，嗜赌如命的父亲无力偿还赌债，便将她送到歌厅当歌女。她的美貌倾倒一方，一堆达官显贵、乡绅土豪都想把她占为己有，要她当小姨太。然而中共上海地下组织了解到她是一名有理想、有追求的青年女子，派李在田做她的上线，并伪装成她的男朋友，让郑招娣利用百乐门舞女的身份，为党传递情报。招娣欣然接受了这样的安排，也让自己的人生迈出最重要的一步。

夜，上海咖啡厅，客人稀少，角落里的一张桌前，郑招娣和一戴礼帽穿长衫姓赵的男人在交谈。

老赵："招娣，你托我办的事情有消息了。我了解到的情况是，你的男朋友李再田在解放前有一段说不清的历史，正在接受组织调查。"

郑招娣："我也猜到了，他突然失踪，肯定有缘由。但我了解再田，相信他是清白的，他对党是无限忠诚的。我进百乐门虽然是嗜赌如命的父亲害的，但以舞女的身份做掩护、收集情报，都是他安排的。现在他不知所踪，我的身份都被大家误解了。"

老赵说："现在全国刚刚解放，许多事情的落实还需要时间。特别是过去单线联系的同志联系不上，还有的战友为了新中国解放事业献出了宝贵的生命，却依然被怀疑。我们只有拿到证据，才能证明他们的清白，才能对得起这些做情报工作的优秀同志。"

郑招娣点头，表示赞同。

老赵："不过，听说再田已被遣送新疆伊犁。新疆那么大，找到他可是有相当的难度。"

郑招娣："再难，哪怕是天涯海角，我也要找到他啊！不但要证明他的清白，也给我自己一个交代。"

老赵理解地望着她。

郑招娣的眼神，流露出坚定。

“嘀、嘀！”汽车的喇叭声将郑招娣从回忆中拉回现实。戈壁滩上漫长的车队，一辆接着一辆。

在戈壁公路上，车队突然停了。

王喜凤嚯地站了起来，警惕地望着前方：“怎么啦？”

第一辆汽车上跑过来一名解放军战士通报：“原地休息，前面汽车出了点问题，正在抢修。”

王喜凤从车上跳下来：“姐妹们，大家都下车吧，正好活动活动，方便一下。”

大家从各自的车上下来在路边走动。

王喜凤对负责执勤的郝根生排长说：“注意加强警戒。”

郝根生：“是！”

接着王喜凤大声说：“姐妹们注意了，向右边山坡跑步前进，请男同志自觉面向左边。”

路华对其他女兵喊道：“唱歌喽！”

肖迎春：“喜凤姐，在我们老家叫唱民歌，这对着大山，就应该是唱山歌了。”

王喜凤笑着说：“谁管你唱山歌，还是唱水歌，抓紧时间尽情地唱吧。”

女兵们又是一阵哄笑，心领神会跑向右边的山坡，找好自己

“唱歌”的地方。

动听的交响乐，女兵嘿嘿地笑着，传出无限的轻松。

几个战士围在抛锚的汽车前紧张地对车辆进行检修，车队前后的战士手握钢枪警惕地观察路上的情况。

汽车还未修好，大部分女兵都在公路边交流散步。

解悄然触景生情念起诗来：“大将筹边尚未还，湖湘子弟满天山。新栽杨柳三千里，引得春风度玉关。”解悄然长相动人，语音动听，特别是浑身散发出的那股少有的文化气质，在这群美丽的女兵中，显得特别的出众。

肖迎春：“悄然姐，你念的是谁的诗啊？”

解悄然：“这是我在大学时经常念的，没想到今天我们来到了此地。”

路华：“姐，原来你上过大学啊，好羡慕你呀，难怪你懂得这么多。”

解悄然：“这是当年称赞左宗棠抬棺出征，带领六万湖南将士收复新疆的故事。还有呢，民族英雄林则徐当年发配进疆写的《出塞曲》，腐败的大清朝把林则徐的官免了，将他流放到了伊犁，这片土地，也是林则徐来过的地方。”

肖迎春和路华，以及围过来的女兵们都听得津津有味，不住地点头，由衷地佩服。

这时，一位哈萨克大叔赶着毛驴车慢悠悠地沿着公路走来，大叔的民族服饰吸引着女兵们的目光。

“大爷，伊犁快到了吧？”王喜凤向赶车人高声问道，透着一股抑制不住的兴奋。

哈萨克大叔依然端坐在车上，带着有些神秘的笑意，用鞭子指了一下远方：“对啰，前面不远就是伊犁啦！”

“大家上车吧，准备出发！”前面传来男兵的呼喊。

姑娘们兴奋地互相拉扯着跳上汽车坐回原位。

浩浩荡荡的车队再度向伊犁进发。

“看，河！”一个女兵大喊！

“在哪？”姑娘们兴奋了，伊犁河水蜿蜒流到很远很远的地方，河水回归了大自然，女兵们瞪大朦朦双眼，一道亮丽风景呈现在眼前。

伊犁河流域形似向西开敞的喇叭口形，其间有三条自西向东逐渐收缩的山脉。北为天山北支的科古琴山、婆罗科努山；南为天山南支的哈克他乌山和那拉提山；中为山势较低的乌孙山、阿吾拉勒山；北部和中部山岭之间为伊犁河谷，这样构成了“三山夹两谷”的地貌轮廓。风从伊犁河谷中穿行，如水一般，将女兵们的心跳、目光，将马嘶、车行，将这浅浅河谷中的一切都冲向了谷口。

“停车！休息。”王喜凤下达命令，整理容装，准备进伊犁河谷。

也许是太累了，几个姑娘看上去愁眉紧锁的，一路颠簸，将这些女兵折腾得十分憔悴。车刚停住，一个女兵就从车上滚了下来。

“大家都累了吧！我们先休息一会儿，姑娘们，打起精神，我看谁最漂亮……”王喜凤说完便朝那滚下来的女兵努了下嘴角，示意她坚强地站起来。

休息一会儿，疲惫的女兵们心情舒畅多了，继续赶路。车陆陆续续进入伊犁河谷，进入连绵不断的群山中，伊犁河已经近在眼前了。

“啊！终于到喽！”当再次听到停车命令时，女兵们高兴得手舞足蹈，似乎看到了希望的明天，看到了幸福的未来。大家从车上一哄而下，奔向河边。

我们新疆好地方哎，
天山南北好牧场。
戈壁沙滩变良田，
积雪融化灌农庄。
来来来，来来来
……
我们可爱的田园，
我们可爱的家乡。
……
歌声从女兵们心中飞出。

驻扎这里的就是骑兵团，男兵们都知道最近团里要来一批女兵。这几年打仗，男兵们大部分没成家。他们心里明白这批女兵的到来意味着什么。团长徐祖雄跑步来到大家面前集合队伍，命令说：“同志们，我们期盼的女兵这几天马上就要到了，大家到河里洗个澡，干干净净地迎接女兵到来。”但他们谁都没想到，说曹操，曹操到。女兵来得有这么快，大家感到愕然、新鲜、措手不及，入神地凝视着岸上不远处的女兵们。

“这就是伊犁河？跟俺家乡的沂水差不多嘛！”一个娇嫩的声音说。河很宽、很长，绵延而去看不到尽头，像一条巨龙在那里躺着。河水昼夜流淌，一副耳鬓厮磨的样子。这时，一只草原雕，孤独地从草丛中一飞起，它好像感觉到了什么，缓慢地低空飞翔，掠过那青翠的、冷绿的、蓝色的、波光粼粼的河面。

“我们新疆好地方哎……”在欢快的歌声中，刚刚翻越山坡的女兵们蹦跳冲向伊犁河。突然她们发现伊犁河里竟然有一大群男兵正在洗澡！他们有的光着上身、有的穿着裤衩。有的站着、有的蹲着、有的仰卧着、有的斜躺着，真是千姿百态。

“怎么会这样呢？”看见这群光着身子的男兵，女兵们“啊”的一阵惊呼，羞红着脸。

日夜流淌的伊犁河，第一次见证了男兵女兵对视的目光，那目光犹如电光火石，撞击着双方的心灵深处。

河边，河水，男兵，女兵，不约而同发出“哇！”的一声。

男兵们的窘态，让团长徐祖雄感到尴尬，他快步跑到河岸边，高喊道：“全体注意，听口令！立正，向后转！向前齐步走！”

在河边洗澡的战士们，很快站成一排，显得滑稽，但谁也不敢笑。

徐祖雄声如洪钟，姑娘们不由得掉转了目光看向他。徐祖雄一身戎装，束腰带，平头，国字脸，肩宽体壮、英俊彪悍，站着像尊铁塔。徐祖雄对提前一天到来的姑娘同样感到措手不及，他理解眼前这群男人，来新疆后他们不曾见过这么多女人。但他又觉得难堪，这是一支英雄部队，这些年，他们行军、打仗，纪律严明、未尝败绩，不曾想这些男兵在一群女兵面前竟乱了方寸。

在团长口令声中，一二一、一二一，战士们迈着整齐的步伐向河中间走去。他们光着上身，穿着短裤与平静的河水相映成趣。邱可法是一名老兵，高额骨，深眼窝，胸肌发达，更像小说中的猛张飞，身体挺硬朗，步伐坚定有力。

向前，向前，向前，
我们的队伍向太阳，
脚踏着祖国的大地，
背负着民族的希望，
我们是一支不可战胜的力量。
我们是工农的子弟，
我们是人民的武装，
从无畏惧，绝不屈服，英勇战斗，
直到把反动派消灭干净，
毛泽东的旗帜高高飘扬。
听，风在呼啸军号响，

听，革命的歌声多么嘹亮。

歌声仿佛吸引到了那些翱翔的草原雕，忽高忽低悠扬地在空中随着歌声起舞。河水拍打在战士们身上，激起片片水花，气势宏大。刚放下行李的女兵，听到王喜凤的命令：“女兵集合，立正，向右看齐，向前看。”

伴着雄壮的旋律，和男兵们合唱：

同志们整齐步伐，奔向解放的战场，
同志们整齐步伐，奔向祖国边疆。
向前，向前，我们的队伍向太阳。
向最后的胜利，向全国的解放
……

男兵们撩起水中的浪花，女兵们高举双手鼓掌。

王喜凤命令：“女兵们按编号，找地窝子，进房间。”女兵们拎着行李，陆续走进地窝子。

突然王喜凤发现路华站在坡上笑弯了腰，暖暖的阳光照在她身上，映出她红红的脸蛋，像朵初绽的玫瑰。

“路华，怎么不进屋？”

“你不觉得可笑吗？哪有这样列队合唱的！”路华笑得更大声了。

“小姑娘家的，你不懂……”王喜凤说。

“是的，我不懂，可我是在用心和他们合唱，这是人民解放军军歌，多雄壮，要是有人来伴奏就更好了！瞧，他们身上的浪花都在为他们伴唱呢！”路华打趣地说。

王喜凤回头一看：“是呀，真的。”

“怎么不进屋？”徐祖雄团长听见路华的笑声，回头问了句。

“这么雄壮的歌声我为什么要进屋？我还想更近距离和他们一起唱呢！”

王喜凤轻轻拧了一下路华的耳朵：“也不害臊！”

路华用双手捂住双眼，“哈哈……”笑得那么天真、那么阳光、那么纯洁。

“这小姑娘！”徐团长一瞥，猛然，像过电的感受，怎么这么眼熟？

“是她？”望着路华的背影，徐团长似乎想起了什么，怔了怔。

“这孩子就这样，犟脾气，甭管她。”王喜凤对徐团长说。

“你是王喜凤同志吗？”徐祖雄问。

“是！”王喜凤答道，“你是徐团长吧，快让战士们把衣服穿上吧。”

徐团长这才想起，轻轻一笑，他随即跑到河边发口令：“全体注意，向后转，向前齐步走！”

在徐团长的口令中，战士们齐步走到岸边。

“抓紧穿衣服。”徐团长说。

上岸后的战士们边穿衣服边笑，你看着我，我看着你，笑得很欢快。

徐祖雄转身走了回来，对喜凤说："一路辛苦了！走，去我办公室坐。"

团部办公室虽简陋但规整、利落，王喜凤在心里默默地感叹着。身着山东沂蒙装的王喜凤走进团部，这是两个相同性格又担负着相同责任的男人和女人的第一次交流，坦诚、真挚、相见恨晚。

"这一路，不容易吧？"徐祖雄为王喜凤倒了杯茶水，递给了她。

王喜凤抿了一口茶水，感慨地说："是啊，女兵们谁也不曾想到是这么艰辛的路途在等着她们，路途颠簸、水土不服、天气恶劣，这些都是家常便饭。下了火车转乘汽车，坐的那些呀，是'老爷'车，路上尽抛锚，女兵们编了个顺口溜，'一去二三里，抛锚四五次，维修七八回，日行百十里。'还没进疆就发生了翻车的事，伤了几个，甚至还有牺牲的。这一路，女兵们用实际行动体验了一次人生路上宝贵的经历。"

王喜凤知道，这些怎能一见面就向徐团长倾诉呢？还有，为了安全，避免残匪骚扰，行军路上汽车是不能随便停的。偶有女兵内急，要解决方便问题，只好用盆子当尿盆用。要知道，那盆子，洗脸、洗脚也用，女兵们宁愿憋着，这样的"多用盆"真够女兵们受的。

想到这些，王喜凤对徐团长自豪地说："女兵们这一路真的很不容易！"

望着王喜凤自信的眼神，徐团长说："是啊！女兵们从内地，一路坚持走来，其行动已经证明她们是英雄。”

王喜凤接着说：“女兵们来时，已有足够的思想准备，但这一路遇到的困难，比想象中的还是要大许多！”

徐祖雄：“是啊，漫漫长路对人的意志也是一项极大的考验。”

王喜凤：“女兵们一路走，一路长大。虽说还不成熟，但各种考验都承受住了。我一路鼓励大家，从内地到新疆，到伊犁，不做逃兵，坚持走过来的女兵就是英雄。”

徐祖雄：“你带的这些女兵，已用行动证明自己是英雄。你们的到来是骑兵团的光荣。”

聊着聊着，突然王喜凤语气一变：“我们聊了这么久，怎么还没记起我这山东大嫚？”“你是……”徐祖雄反问。“我是王喜凤，你记不起我，总不会忘了你小姨子吧？”

徐祖雄恍然大悟：“喜凤妹子，真想不到，女兵们一路夸赞的女乡长竟然是你！我那拴住兄弟呢？没和你一起来？”

王喜凤心头一酸：“他娘给他起名叫拴住，还是没拴住，孟良崮战役，让飞机给炸死了，尸首都没见到……”

徐祖雄感慨：“喜凤妹妹，你受苦了……”

王喜凤打断徐祖雄的话：“革命不容易，谁家都不全乎，你徐团长是大英雄，媳妇不是也没保住？不过你小姨子可活的挺滋润，哭着喊着要来新疆当解放军，我给你一路护送过来了。”

徐祖雄：“她来了？”

王喜凤点点头，深情地看着他。

徐祖雄:“军区已来电话，你们是第一批女兵，以后还有几批陆续到来。”王喜凤:“女兵们安全到达，我的任务也就完成，明天我就回沂蒙山区。”徐祖雄说:“喜凤妹子，你还真走不了，根据师党委决定，你要留下来。已任命你为骑兵团直属连连长，任命书随后送到。”

王喜凤:“任命我为骑兵团直属连连长？不是说好把这批女兵平安送到就可以回老家山东了吗？”

细心的徐祖雄发现了王喜凤的表情变化:“有困难吗？”

王喜凤看着徐祖雄，并没立即回答。

徐祖雄:“我们一定要为这批女兵找一位知心大姐，当领导、当亲娘啊！”

王喜凤问徐祖雄:“你也希望我留下吗？”徐祖雄点头，“当然希望你留下。”

望着徐祖雄期盼的眼神，王喜凤说:“好，我留下。”

徐祖雄向王喜凤伸出双手:“骑兵团欢迎你的到来！”

两只手紧紧地相握，目光也再次聚在一起。

王喜凤的思绪似浪花远行。自从接到上级命令，护送这批女兵进疆，自己就像一只被放飞的风筝，家人仿佛是牵着她的线，飞得越远，线对她的牵扯就越强烈。当然，从离开沂蒙的那一刻，王喜凤已经做好思想准备，是组织的信任才选调自己承担这一重任的，一切要服从大局、服从现实，容不得你掺杂任何个人感情。这一路，她和这批女兵已结下深厚感情，她们需要她。更何况她是一个喜欢不断自我加压的人，希望把一切做得更好。不过，听到让她留下的消息，王喜凤的心还是燃起无名的惆怅，谁知道，她家有难以言说的重重困难呢。

天空依然明亮得很，太阳发出刺一样的光芒，温暖中让人感觉有点痛。当黄昏退去了最后一抹光亮，月亮已悄悄升起，星星也慢慢地亮起来……女兵们想起了进新疆的这一路，未曾料到，自己竟是坐着“老爷车”“六根棍”马车进入伊犁河谷的女人。

3. 初见伊犁河谷

伊犁河谷。见证了进驻到这里的骑兵团。

骑兵团团部设在天山峡谷的伊犁草原，伊犁的河水、草原，美得让人惊叹。河谷，在绵延中起伏，在伸展中透出绝伦景致的俊美。

吴文化来到女兵住的地窝子。

沿山坡的一排地窝子，是男兵们突击挖盖出来的，新来的女兵全部都住在这里边。

吴文化小心翼翼走下台阶，借着昏暗的煤油灯仔细打量。

忽然，一只肥硕的老鼠从肖迎春脚边溜过，吓得她惊声尖叫，一把抱住了路华。“老鼠！”

李小花放声大哭：“妈呀！这是什么破地方！”

路华愤愤不平：“吴干事！你们招兵的时候是怎么说的？什么绿树鲜花、水果稻田，还楼上楼下、电灯电话。在哪儿呢？都在哪儿呢？你指给我看看？”

解悄然：“是呀，实话实说嘛！”

路华："我要见团长，你们这不是骗人吗？"

女兵们化失望为愤怒："对，把团长叫来！把团长叫来！"

徐祖雄和政委阿里木江正在团部研究女兵安置的事。

徐祖雄："听郝根生说，女兵们一到，大家的情绪都很高涨。"

阿里木江："那还用说，就差没流哈喇子了！"

徐祖雄笑："饮食男女，人之大欲。这些个大老爷们南征北战这么多年，也该让他们尝尝老婆孩子热炕头的滋味了。"

阿里木江："嗯！在婚配这个问题上，听说其他师团都是按照级别和战功排队的，要不咱们也这样？"

徐祖雄考虑："唔……"

阿里木江："老徐，路沂走了这么多年，你也该往前迈一步啦。"

徐祖雄苦涩地笑了笑。

郝根生急匆匆进来："报告徐团长！"

徐祖雄："怎么了？"

郝根生："有几个新来的女兵，吵着非要见你！"

徐祖雄和政委一起走向女兵们住的地窝子。

一走进地窝子，就听见女兵们正和吴文化闹哄哄地争论着。

徐祖雄说："谁要见我？"

众人安静下来。

路华上前："我们要见徐团长。"

徐祖雄一看又是路华，亲切地说："我是。"

路华："我问你，为什么骗我们来新疆？"

徐祖雄似乎感觉到了什么："如果我们招兵干部说了什么让你们误会的话，我替他们道歉。不过，我也有句话问问你们。你们来参军是为了享福的吗？"

路华语塞。

解悄然走上前来："当然不是！到新疆来我是有心理准备的。但是你们招兵干部也不应该胡乱吹牛嘛！"

徐祖雄："你们来到新疆和这里的干部、战士一起共同建设祖国的边疆，这是很好的，但是，如果有人吃不了苦受不了罪，还没上战场就想当逃兵，我们骑兵团也绝不留她！"

徐祖雄目光严厉，女兵们被他的气势镇住了。

路华说："我吃的了苦，就是受不了你军阀主义的作风。团长有什么了不起？我姐夫也是团长，而且是参加过苏联卫国战争，伏龙芝军事学院的高才生。他肯定不会是你这个样子，骄横跋扈……"

"路华！"王喜凤从地窝子外走进来，"徐祖雄团长就是你的姐夫！"

所有的人都愣住了。

王喜凤："快叫姐夫。"

路华惊愕地看着徐祖雄。

王喜凤："徐团长，她就是路沂同志的妹妹路华。"

徐祖雄百感交集："路华。"

路华眼含热泪："我姐呢？"

徐祖雄无语。

路华睁大眼睛追问:“我姐呢?”

此时的徐祖雄陷入了回忆。

巨大的爆炸火柱中，徐祖雄、邱可法等策马飞驰。

敌人的飞机俯冲扫射，掩体里，路沂在救护伤员。一颗炸弹落下，徐祖雄滚鞍落马，胸口渗出鲜血。路沂立即赶到，替他包扎。

敌机再次俯冲。

为了引开敌机的扫荡，路沂飞身上马，狂奔而去。敌机转而追向路沂，徐祖雄手捂胸口，挣扎着跪起身，看着路沂的背影。

敌机扫射，在路沂左右激起泥土，路沂策马急驰，罪恶的子弹从敌机射出，徐祖雄大声呼喊“路沂……”

突然，几个巨大的火柱腾空而起，路沂的身影被吞没。

徐祖雄撕心裂肺:“路——沂——”

徐祖雄回到团部，他在灯下看着一张小照片满眼泪水，那是他和路沂的合影。

地窝子已经熄灯了。路华仍躺在床上，她思念姐姐路沂，王喜凤默默地坐在她的旁边。解悄然、郑招娣等人都辗转反侧，难以入眠。

晨曦中的伊犁河谷，同样美不胜收。

嘹亮的号声划破寂静的清晨，山坡上司号兵吹响起床号。

男兵们迅速在操场上列队。

女兵们也在王喜凤的带领下来到操场列队，这时的王喜凤一身军装，显得很精神。

徐祖雄训话："我是骑兵团团长徐祖雄，欢迎你们加入革命的队伍。我们骑兵团，是在中国人民解放军第一野战军第一兵团司令员王震将军率领下，从延安行军打仗，一直到新疆。这是一支英雄的部队，是一支有着光荣历史和优良传统的部队。现在，新疆和平解放了，但是新疆的发展和建设，需要我们挥洒热血，建功立业，做出更大的奉献。"

全体士兵鼓掌。

徐祖雄："考虑到新来的女战士旅途的辛苦，给你们放假几天，整理内务。但早操要出，今天的任务是观列。"

女兵们热烈鼓掌。

经过休整女兵们的精神面貌焕然一新，她们兴奋地看着眼前的男兵，呼吸着清新的空气，满眼期待。

指挥员："立正。向右看齐。向前看。向右转。跑步走。"

在徐团长的注视下，各队指挥员喊着口令，战士们整齐跑步。

女兵们叽叽喳喳："啊！真棒！这才叫兵，这才是我们的解放军！"

路华："太帅了！和昨天在河边咋不一样呢？"

肖迎春："爷们！纯爷们！"

"哈哈哈！"女兵们又被她的话逗笑了。

"我爱你们！"不知哪位女兵轻声喊了句，其他女兵羞涩而又羡慕地观望，想看是谁这么大胆说出了自己的心声。

女兵在场，男兵们愈加英姿勃发。

指挥员："提气！"

战士们做提气动作。

指挥员："深呼吸！"

战士们做深呼吸动作。

指挥员："上马！"

战马仰起头，战士挺起胸，列队向前。

指挥员："亮剑！"

"刷！"剑出鞘！

整齐划一的动作，把女兵们都惊傻了。

骑兵在马上格外威武，踏浪飞舞，战马向前，女兵们屏住呼吸，鸦雀无声，马蹄有节奏响着……

徐团长向王喜凤这边望去。王喜凤专注看着骑兵的英姿，不住地点头。似乎意识到徐祖雄在看她，她也向他的方向望去，当两人目光聚集时，彼此会意地淡淡一笑。

早操后，女兵们开始学习。

王喜凤对大家说："今天的学习生活会，我们请来了文化宣传队队长吴文化。"

吴文化站起来向大家致军礼。小伙子英俊、干练，浑身上下透着浓厚的艺术气质。

女兵们鼓掌。

吴文化："首先，我自我介绍一下，我叫吴文化，口天吴，文化的文，文化的化。加起来就是吴文化。”哈哈哈……女兵们都笑了。吴文化仍一脸严肃：“根据领导的要求，今天由我向大家介绍一下骑兵团的基本情况，同时也想和大家熟悉熟悉。”

路华：“我来自山东革命老区临沂，作为一名女兵，我感到无比光荣和自豪，虽然离家千万里，但我不后悔！”

女兵们点头赞许。

肖迎春：“来之前我是野战军的护士，来到骑兵团后，我强烈要求组建一支女子骑兵队。”

解悄然：“对，自古就有巾帼不让须眉之说。何况我们是新中国的女战士，要与困难做斗争，展现我们女兵的风采。我是湘妹子，很辣，但性格还是很温柔的，希望我们能成为好战友好姐妹。”

女兵们表示赞同使劲鼓掌。

解悄然的发言引起了吴文化的注意，同时也被她的气质所吸引。

吴文化望着解悄然，一边点头赞同，一边若有所思。

郑招娣：“我来自上海。组建女子骑兵队我第一个报名参加。”

肖迎春挑衅：“你就不怕从马背上摔下来，漂亮的脸蛋破了相？”她妒忌招娣的气质、漂亮。

郑招娣淡然、矜持：“来到骑兵团，我就要当女子骑兵，手握战刀，骑着军马，保卫边疆。”紧接着，吴文化向女兵们介绍了一些骑兵团的基本情况。

第二天，徐祖雄在组织召开干部会议，政委、各连连长围坐在会议桌两边。

王喜凤坐在徐祖雄旁边。

徐祖雄:“现在我来宣读师党委的任命，任命王喜凤同志为骑兵团直属连连长。”

王喜凤起立向大家致军礼。

干部们鼓掌祝贺。

徐祖雄:“首先，我代表全团官兵，热烈欢迎女兵们的到来。由于你们的到来，我们全团充满生机和活力，考虑到女兵们刚刚来到，所以要帮助她们尽快适应这里的环境，尽快适应部队的生活。第一批来的女兵先分配到直属连、卫生队和文艺宣传队，第二批女兵来到以后再充实到各连。”

在座的干部兴奋不已。

徐祖雄:“我必须告诫大家的是，现在伊犁和平解放了，但仍有小股国民党的残匪在流窜，骚扰群众生活，必须尽快将残匪彻底剿灭。同时，为了安全起见，女兵们不允许单独外出，抓紧熟悉伊犁地区的地理位置、地貌及生态环境，积极进行体能锻炼和战斗训练，文艺宣传队要担负起部队的文化学习和文化娱乐生活的任务。王喜凤要带领直属连的干部战士积极投身到学习训练中。新气氛，新气象，新面貌，让骑兵团更显朝气蓬勃。”

在伊犁河谷千变万化的风光中，女兵们显得很兴奋。

美好的景色也使郑招娣不再怜悯自己，她一扫连日来复杂的情绪，笑容重新回到了她动人的脸庞，她时而俯身采摘花朵，时而仰面欢快旋转。邱可法被她深深吸引了，眼睛已无法从她身上移开，整个心仿佛都被她抓走了。

精心挑选出的男兵们，认真地在空地上训练女兵。从最基础做起。

这些平常喜欢叽叽喳喳的女兵，训练时就像是变了一个人，立刻就严谨起来，发狠似地与自己较劲。

路华训练得十分认真，一个动作不标准，不用教员下令，她自觉自愿地从头再来。

女兵的队形越来越齐整，步伐越来越矫健。

场外站着的徐团长的眼睛一直盯着路华，对她的表现投去满意的目光。

男兵们给女兵们的每一个精彩动作使劲鼓掌。这些年的行军打仗，男兵面对这么多漂亮的女兵，心中充满无比的渴望。

邱可法死盯盯看着郑招娣，她做的每一个动作都让他着迷，从容，优雅。

站在旁边的张大力好像看出了邱可法的心思，逗他道："老邱，你这癞蛤蟆，想吃天鹅肉啊。"

邱可法抬手作打他状，张大力笑着躲开。

此刻，肖迎春的一举一动吸引了张大力的目光。

张大力指着肖迎春问老邱："你看，这丫头漂亮不？"

老邱："你喜欢你就追，我可是确定目标了。"

河边的山坡上，草色青青，一望眼见沁人心脾的绿色，令人心旷神怡。山坡上，女兵们围坐在一起，聆听吴文化弹着他心爱的

"冬不拉"。琴声悠扬，是那么的动听，飘过山谷，飘进女兵们的心房。待一曲弹奏完毕，吴文化怀抱"冬不拉"给姑娘们讲起了美丽的传说："我弹奏的乐器叫'冬不拉'，是哈萨克族的民族乐器。关于它的产生，在哈萨克人生活的地区，流传着一个美丽的民间故事。据说古时候，哈萨克汗国王有一位美丽的公主，已到成婚年龄，但许多前来求婚的小伙，公主都看不上，可又不好向父汗讲。公主的丫鬟非常聪明，为公主出主意道，'你对大汗讲，谁要找到会唱歌的树，你就嫁给谁。'大汗最终接受了女儿的意见，张榜告示全国。一个年轻的猎人路过城下，心想，既然有会唱歌的树，即使走到天涯海角，也要找到它。他上前毅然揭下了告示。猎人被卫兵带到汗的宫殿，公主在帘后看到猎人年轻英俊，顿生爱慕之情。公主给猎人赠送一枚戒指作为定情物，猎人发誓一定要找到会唱歌的树，娶公主为妻。年轻的猎人走遍了深山老林，却没有找到会唱歌的树。猎人既着急又难过，突然一种从来没听到过的声音传到了他的耳中，举目看去，只见几条被阳光晒干、紧绷在树干上的羊肠子，在微风中颤动并发出声响。他用手指轻轻拨动了几下，竟发出十分美妙的声音。猎人顿悟，这不正是自己要找的会唱歌的树么？年轻的猎人把树干锯下来，砍削成便于携带的长瓢形，再将几条风干的羊肠子固定好，制成了一把崭新的乐器。这把乐器，哈萨克人后来叫它冬不拉，意思是会唱歌的树。年轻的猎人和美丽的公主终于收获了自由和爱情。"

吴文化的介绍收获了姑娘们由衷的掌声。

望着吴文化英俊的身影，听着他风趣的演讲，人群中的解悄然心生爱慕。

徐祖雄和王喜凤两匹马并行，他们从师部开会返回驻地。

徐祖雄：“喜凤同志，一手拿枪，一手拿镐是骑兵团目前主要任务。我们身上的担子可不轻啊！”

王喜凤：“可不是嘛，既要保卫边疆，又要建设边疆，还要搞好各民族之间的团结。”

徐祖雄：“部队驻扎下来了，比骑马打仗所遇到的困难要多得多。思想教育、文化学习都要跟上。”

王喜凤：“徐团长，我有个想法。在开荒这段时间，将女兵们打散，分到各连，干一些送饭送水之类的轻活，或是分到养马班，帮助放牧。”

徐祖雄：“这个建议非常好，我看行。另外这批新来的女兵解悄然上过大学，文化水平很高，很有亲和力，能否让她当个文化教员，给大家教教文化知识，也配合宣传队长吴文化做些工作。”

王喜凤：“我也正有这个想法，让宣传队给战士们教一教文化，提高些文化水平。一会儿我去找解悄然谈一谈。”

徐祖雄：“那可就太好了！”

王喜凤：“徐团长，我也向你报告一下她的情况。她出生在湖南一个大地主的家庭，本人又是名牌大学的高才生，为了到新疆来当女兵，不顾家人的反对，毅然决然地踏上了进疆的列车，她是个好苗子，我也想有意培养一下她。”

徐祖雄:“是啊，这批女兵都很年轻，将会面临着许多选择。选择对于年轻人来说至关重要，是选择羊肠小路，还是康庄大道，我们一定要加强对他们的思想政治工作。”

王喜凤:“徐团长，您说得真好！在他们的成长道路上，需要我们更多的关心，帮助。”

徐祖雄点点头回应她。

不远处，几个男兵和女兵看到徐团长、王喜凤骑马走过来，全藏了起来。

久经沙场的徐团长假装没有发现他们，还是轻松自然的和王喜凤边走边谈。

战士们站起来望着两领导的背影，小声议论起来。

女兵:“他们两个倒是好般配的一对啊！”

男兵:“还真是。我们徐团长的爱人在解放战争中牺牲了，这些年南征北战的，身边是应该有个女人照顾他呀。”

王喜凤没有回望那些战士，而是面对徐祖雄:“战士们真可爱。徐团长，我们是不是该为他们做点什么？”

徐祖雄:“他们都是从枪林弹雨闯过来的，现在是时候帮他们成个家了。”

王喜凤发现徐团长眼里有些湿润。

徐祖雄:“没有家室，‘屯垦戍边’的伟大创举就会一代而终，这可是历史的教训，我们不能重蹈覆辙。”

夜深沉，王喜凤躺在床上，双手垫着头，睁着一双明亮的眼睛，回想着白天的事情，回想着徐祖雄在战马上的英姿。

王喜凤掩嘴微笑。

起床号响起。

骑兵团以不同的队列分散在河谷中，整齐出操。队列边，除了钢枪、弹药，还有各种生产工具，坎土曼、镐、锹、犁、筐、扁担。

战马，也成了拉犁开荒的工具。王喜凤叫住随队列正在跑步的解悄然："悄然，早饭后到我办公室来一下。"

解悄然："是！"

早饭后解悄然进来连部，看到团宣传队长吴文化也在，有些不好意思。

吴文化热情地向她打招呼："你好！"

解悄然点头微笑，笑容是那么的甜美。

王喜凤："来，悄然快坐。"

吴文化也有些不好意思地看着她："坐吧。"

王喜凤将这一切看在眼里："是这样的，我和徐团长商量，把你调到文化宣传队，想让你和吴文化一起搞宣传，办黑板报，同时还要给大家上文化课，怎么样？"

解悄然谦虚道："啊？连长，我可干不了。"

王喜凤快言快语："怎么干不了？你可是名牌大学毕业的。咱们团很多战士，斗大字不识几个，比如邱可法、郝根生，文化程度就太低，不识几个字，适应不了部队今后的发展需要……"

解悄然:“不，连长，吴队长那么有才、有文化。再说，我到部队来是接受锻炼的，还是让我到劳动第一线吧。”

吴文化恳切地望着她，鼓励道:“悄然，我们一起干吧，这对你来说不是一件困难的事，同时这也是一种锻炼！”

解悄然害羞地不敢看他，红着脸对王喜凤:“让我再考虑考虑。”

王喜凤:“悄然，我理解你，别犹豫了，你一定行。况且还有吴队长在你身边帮助你。”

解悄然激动万分:“谢谢喜凤姐，我听你的！”

王喜凤干脆利落地说道:“革命队伍不需要客套，不用谢我。吴文化可是骑兵团的‘大才子’，能作曲写词，还能吹拉弹唱。听说和附近的少数民族同胞关系很好，交了很多朋友。在这一点上，悄然，你要多向他学习呀。希望你们互帮互学，共同进步！”

解悄然再一次将目光投向吴文化，红晕又浮现在甜美的脸庞。

吴文化也露出了幸福的微笑。

4. 剿灭残匪

新疆和平解放后，在边境的一些地方，还流窜着几支国民党部队留下的残匪，他们不时会出来抢粮骚扰。这天，骑兵团战士秦子冲气喘吁吁地跑过来报告说，有股残匪流窜到了附近一个村庄，那里居住着哈萨克族、维吾尔族、蒙古族等民族同胞，残匪抢走了老百姓的粮食、牛羊。

“上马，准备战斗，绝不能让民族同胞遭受损失！”徐祖雄下达了战斗残匪的命令，骑上邱可法牵来的白马，“嗖”一声飙过去，后面跟着一匹黑马，这两匹战马是徐祖雄的坐骑，也是徐祖雄的骄傲。

骑兵团追来，残匪们开始撤。这次，他们还抢了个女兵。原来，抢完粮食的残匪，见到郑招娣等几个女兵正在附近劳动。女人特有的气味将匪首熏得性起，他们决定拖上一个女人去暖暖被窝。靠近路边的路华不知何故，直起身板，想探个究竟。谁知刚一站直腰，一只熊手已从她眼前伸过来。说时迟那时快，另一双手用力将她一把推开。路华一个趔趄倒在了地下，后面快速飞跑的马，踢在了她身上。是招娣！只见她用身体挡在倒地的路华前面。“妈的，我不挑你，你还主动送入怀抱。看你还合眼缘，俺就领你这个情。”匪首骂骂咧咧，两只暴凸的眼睛喷着寒光，面孔上浮涨的肌肉和乱草一般的络腮胡发神经一样不停地颤动着。郑招娣瞬间就被揽到匪首的马背上。突然匪首一声惨叫，原来是郑招娣在匪首的手上留下了两排深深的牙痕。“你居然敢咬我，命活长了不成！”匪首眼睛红红的，一副赌输了的赌徒相，他扯住郑招娣的头发，边扯边骂，本就难看的脸因愤怒变得更加丑怪异常。

此时，徐团长率战士们飞奔而来。徐祖雄作战习惯一人两匹马，追击时，常常是在两匹马中不停地换，始终保持马的体力、马的速度。这是他在苏联留学时苦练的硬功夫。战马给他留下了终生难忘的记忆，骑马作战的好技术，也深深铭刻在他的脑海里。

真不愧是马背上的神枪手，徐团长边追边打，连撂倒了好几个匪徒，其他的匪徒吓得扔下抢来的粮食、牛羊，落荒而逃。徐团长战术运用非常成功，几个战士包抄过来，截断了残匪们的退路。匪首见势不妙，掉头回跑，再次冲向女兵们，眼见又要踏上路华，徐团长朝天连开三枪，以免误伤女兵们。匪首的马受到枪声的惊吓，骤然立了起来。徐团长追得更近了。那匪首见情况不妙，悻悻地将郑招娣狠狠扔了下来，赶紧逃窜。招娣被重重地摔倒在地，鲜血从她洁白的皮肤中渗出。

救人要紧，“一连长，你带队继续追！”徐团长见残匪已溃不成军，对身后紧随的一连长赵宏伟喊了一声，就从马上跳了下来。几匹马呼啸着一闪而过，扬起一片尘土，转眼没了踪影。邱可法跟着徐团长停了下来，倒在路边杂草丛中的郑招娣头紧挨着一块石头，石头上还沾有鲜血。

“赶紧抢救伤员！”徐团长问。

“都怪我，是我害了招娣姐。”路华坐在地上哽咽着哭诉说。“残匪本是抓我的，招娣姐是为保护我才被残匪抓走的。”路华哭得更伤心了，眼泪如断线的珍珠滚落，她被后面残匪的马踢了一脚，一时无法站立起来。

徐团长俯身看郑招娣，她的头摔破了，手臂和脖子各有两处伤，还在淌着血，已经晕过去。徐团长俯身一试她的鼻息，急促地叫了一声

“卫生员！”

“到！”卫生员程瑾急忙跑过来。

“赶紧把她头包扎一下！”

“是！”程瑾是从华东野战军医院征调过来的山东姑娘，她给招娣进行头部包扎，很快就完成了。

见程瑾包扎好，徐团长又下令道

“邱可法，快拿水来！”

接过邱可法递上的军用水壶，团长轻轻抱起招娣的头，壶对嘴慢慢地喂，见招娣没有反应，徐团长轻轻放下招娣：“邱可法！”

“到！”邱可法响亮回答。

“上！”徐团长下达指令。

邱可法心领神会，快步伏在招娣身上，做起人工呼吸。

“呼吸，呼吸，快喘气，呼吸，呼吸，快喘气。”徐团长快速地念着。

邱可法从战争中一路走来，练就了人工呼吸的真本领，也曾挽救过战友的生命，可对一个姑娘进行人工呼吸还是第一次。不一会儿，邱可法在团长有节奏的口令中弄得大汗淋漓。“醒醒吧，姑娘，只有你呼吸，我才能喘口气。”邱可法在心里呼唤着。慢慢地，只见招娣嚅了嚅嘴角。此时邱可法淌流的汗水滴落到招娣的面颊上、嘴唇边，招娣的舌头伸到唇边，但很快又缩回去。“水！”邱可法大喊一声。徐团长递过水壶，邱可法猛喝一大口，俯身对着招娣的嘴，一点点、一滴滴将水送到招娣的嘴里。

招娣没有睁眼，泪水却溢出了眼角，顺流到双颊。

站在一旁的徐团长知道，招娣应该生命无碍了。“脑震荡？”一个担忧出现在脑海。他把招娣抱到自己的马上，嘱咐了一句，“照顾好路华。”立即疾驰回团卫生所。

路华被扶上了徐团长的另一匹马，望着徐团长怀中的招娣，加上腿钻心地疼，她忍不住流下眼泪。

这一路，邱可法骑马紧随在徐团长的后面，默默地端详着这位上海来的姑娘。他多希望徐团长能把这位姑娘放在自己的马上。

“今天感觉如何？”徐团长问。

“什么感觉？”邱可法明知故问。

“当然是问你为女同志做人工呼吸的感觉啰。”

徐团长稍稍回首，向邱可法斜了一眼。

“不知道！”邱可法嘿嘿一笑。

“动作规范，效果很好。”徐祖雄肯定了邱可法的表现。

“当时我脑子里只想救人，压胸、喂水。”邱可法听到徐团长的表扬，就来劲，话也多了，“现回味起来了，手在她身上的感觉真好！”

突然，他意识到自己说错话了，立马解释：“是你叫我上的，就是组织让我上的，我不犯错。”

未等徐团长应声，邱可法又自语道：“我愿意对她负责。”邱可法仍在喋喋不休。

“废话。”对女战士负责是我们每一个男战士的本分。徐团长觉得邱可法今天有点怪怪的。

“人家可是来自大上海，上海的姑娘不但漂亮，有气质，还有文化，特别会心疼男人。”徐团长告诉邱可法。

招娣头痛欲裂，但徐祖雄和邱可法的对话，她听得清清楚楚，她不想睁眼，她想躺在这个男人的怀抱里，她觉得徐团长就是她的依靠，不单是整个团的老大，而且是团里的男一号。招娣和团里的男女官兵们打心里敬重他、服从他、喜爱他。躺在徐团长的怀里，让她多少年来第一次感受到男人的温暖和呵护，有着从未有过的幸福感和安全感。

到了团卫生所，徐团长立即让卫生员把招娣安顿在病床上，为她做了初步诊治，并挂上点滴。招娣慢慢地睁开双眼，她知道，她身边有很多呵护她的男人。

“面对残匪，你用生命保护战友，保护路华同志，你很勇敢！”徐团长拿过一把凳子，坐在招娣的床边说。

“您过奖了，我只不过做了件战友应该做的事。”招娣说。

“招娣同志，真是好样的！”徐团长说。

“其实当时我也很怕，特别是残匪抓住我的那一刻，那眼神像一个刽子手似的，蛮吓人。”招娣说。

徐团长端详着这位上海姑娘，她言谈举止给人以大家闺秀的感觉，一双会说话的眼睛，表露出内心深藏的许多想法。徐团长知道，招娣有许多不同寻常的过去，身世悲苦，无法抗拒命运的安排，善良、友爱，展出生命的正能量。

招娣接着说：“我真的要谢你，徐团长。要不是你们追来，他们也不会扔下我，那后果更不堪设想。”招娣淡然中充满感激。

“招娣同志，你知道吗，你挺身而出，保护路华的那一瞬间，足以证明，你很英勇。”徐团长说。

“我英勇？”招娣感激地看了徐团长一眼，接着又问，“路华她没事吧？”

提到路华，徐祖雄抬眼看看正在输液的吊瓶，一滴一滴，“一切正常。招娣，你先休息休息，我去看看路华。”徐祖雄说完，为招娣拉了拉被子，转身走出房门。

路华也已被送到团卫生所。徐团长来到路华房间，他走到床边，一眼看见路华正在打点滴的手上戴着一只银手镯，心里一咯噔，他坐在床边的椅子上再次仔细地打量这只手镯。在苏联，咖啡馆，徐祖雄和路沂一起喝咖啡。路沂手上的那只银手镯特别耀眼，此刻，路华戴的和路沂那只一模一样。当时，路沂告诉他，手镯是她去苏联前夕，母亲送给她的。母亲还说了，这银手镯是一对，另一只将留给妹妹路华，作为姐妹俩相见时的信物。徐祖雄再一次肯定，眼前躺在病床上的路华，真的是路沂的亲妹妹。正在这时，王喜凤进来了，打断了徐祖雄的思绪。“路华的腿被马踢了一脚，已经包扎好了。”她又问：“招娣怎么样了？”

“正输液呢，还需要观察观察。”徐团长答道，他看了看路华用纱布包扎的腿，说：“你呀，一点作战常识都不懂，敌人来了，怎么能站起来！”

“我不知道嘛。”路华撒娇了。

“以后，我得给你上军事课。”徐团长说罢，掉头去全面了解剿匪的战况了。

王喜凤来到招娣的病房，点滴还在打着，王喜凤对招娣赞到：“招娣同志，你真了不起！”

“嗨，谈不上什么，当时也来不及多想。在旧上海，我算是见过世面的人，而路华她还小，不能让残匪糟蹋……”招娣话未说完，便背过身去，拭了拭眼角的泪珠。因为她知道，自己的身世，组织上是了解的。

停顿了一会儿，招娣说：“连长，我是很珍惜自己的，即便在万恶的旧社会，我也不屈让命运被别人掌握。”想到了往昔的悲哀，招娣还是泪如决堤般涌了出来。

“招娣同志，我很理解你，但你的行动，已经证明了你是我们骑兵团最勇敢的女战士。在那样的环境下，你果敢地站出来，用身躯保护你的战友，我向你致敬。我会让吴文化把你的事迹好好总结总结，让大家向你好好学习学习。”王喜凤特别加重了“好好”两个字的语气。

“别，别别，千万别宣传。遇到这事，保护小姑娘是每个女人的本能！”招娣推辞着。

跟喜凤说了一会儿话，招娣似乎很疲惫了，喃喃地重复着：“我是最勇敢的女战士。”虚弱的她又渐渐地睡着了。

一连长赵宏伟他们已经收兵了，除匪首侥幸逃脱，这股残匪死伤惨重。抢去的粮食、牛羊又都被战士们夺回来了，归还给了老乡们。巴拉斯提大叔闻讯赶过来，代表老乡们向骑兵团致谢，听说有女兵为剿匪还负了伤，更是感动得说不出话来。徐团长对巴拉斯提大叔说：“军民是一家，汉族和各民族是一家，这都是我们子弟兵应该做的。这事倒是提醒了我们，要防止残匪卷土重来，就要先提高我们军民联防的本事。毛泽东主席在延安就教育我们‘兵民是胜利之本’。过几天我们派些战士去各民族村子，帮助训练民兵。还要在骑兵团和各村子之间，安排好快速反应的通道，不能让大家受损失，也不能让大家受惊吓。”

巴拉斯提大叔连连说：“解放军亚克西（好），亚克西！”

送走巴拉斯提大叔他们，天色已晚，忙了一整天的徐祖雄略显疲倦。他有写信、写日记的习惯，心灵深处，徐祖雄有一片只属于他与另一个女人的感情世界，尽管戎马倥偬无暇长叙，但三言两语却寄托了徐祖雄的无限思绪。坐在桌前，望着窗外，他摊开了纸笔，给心上的女人又写了一封永远都寄不出的信，这是进军伊犁河谷后的第一封。

沂：

今天我们团已进入伊犁河谷剿匪，维护社会安定和各民族大团结。你一定还记得，那夜咱俩秉烛同读林则徐的诗文，当读到他发配伊犁途中与妻话别写的“苟利国家生死以，岂因祸福避趋之”时，你眼含泪光执意摊开中国地图，在辽阔的西域寻找伊犁所在，默默地注视了很久。此时、此刻，你在天上也正默默地注视着我们吧，今夜的星空，照着伊犁河水泛起粼粼波光，这流不断的河水，就像我不断流出的思念……

5. 撩人心弦

1952 年，毛主席发出了屯垦戍边的命令。

“你们现在可以把战斗的武器保存起来，拿起生产建设的武器。当祖国有事需要召唤你们的时候，我将命令你们重新拿起战斗的武器，保卫祖国。”

新来的女兵们给这些开始屯垦戍边的男兵们带来了无限希望和期待，战争年代，骑兵团战士们曾无暇顾及个人问题，随着女兵们的到来，他们开始陶醉在撩人心弦的微露之中，他们不再想卸甲归田，基至不再想回老家去找个老婆，女兵们的单纯给男兵们的心灵带来了慰藉。当出现“给养”问题时，男兵们都很爽，不就是换个地方当农民嘛！在徐祖雄团长的带领下，全团官兵一手拿枪，一手拿镐，开荒造田，战天斗地，披星戴月，感动伊犁，感动新来的这些女兵们。

一片荒芜的盐碱滩。

徐团长正杵着铁锹，给战士们传授开荒的诀窍：“骑兵团不仅有辉煌的作战史，也有辉煌的军垦史。当年南泥湾，在王震将军领导下，就已扬名天下了。如今我们屯垦戍边，不能扰了当地的各族同胞，所以要到这种‘风头水尾’的地方开荒。没有地自己开，没有粮自己种，没有井自己挖，没有房自己盖！就像当年毛主席表扬咱三五九旅一样，在南泥湾自己动手，丰衣足食。”

战士们聚精会神地听着，不住地点头。

徐祖雄：“世上有很多看似难以战胜的困难，像拦路虎，甚至让我们绝望，但只要我们有坚强的意志，就能够战胜它们，取得最后的胜利。当年的南泥湾是这样，今天这些盐碱滩也将是。世上只有回不去的，没有过不去的！”

人群中王喜凤、路华、郑招娣以及骑兵团的男女战士们，都深情地望着眼前这个带兵的人。

对于很多女战士来说真正的考验开始了。

徐祖雄和王喜凤商量，在开荒这段时间将女兵班打散，分到男兵班，干一些理所能及的轻活。

清晨，天边透着诱人的红彩。军歌开始在旷野中唱响，浑厚的男声中夹杂着温柔的女声，骑兵团的各营各连展开了轰轰烈烈的劳动生产热潮。

张大力早早地起了床，到两公里外的一块荒地上忙开了，这是肖迎春交给他的“革命任务”，肖迎春说了，垦荒是考验男人最好的时候，她承诺，今天，就是今天，如果张大力垦出一亩地，就嫁给他。

这女子的话，像重磅炸弹，在垦荒的队伍中炸开了。

那时的伊犁，荒山野岭，荆棘丛生，地硬得要命，一坎下去，就像坎到铁板上，震得浑身发麻。

好在张大力身经百战，在战场上挖过无数次工事。他一坎一坎地开垦着，尘土被一股股劲风扬起，时而像山，时而像雾，时而似伞，时而似绸，千奇百怪，变化万千。满山的荆棘被他砍了一地，荆棘刺破了手掌，血冒出来，被太阳一晒，瞬间便干了。

干到中午，张大力蓬头垢面，拖着铅坠一样的双腿，慢吞吞地找了个荫处坐下，自言自语道，天再热，地再旱，只要心不死，来年荒地就会发芽长叶。不久他眯上眼睛，累极了的身子哧溜一声，软软地从树底下滑开，跟这片荒野一起进入了梦乡。梦里，他梦见肖迎春将一种叫“千里香”的草缝到了他的身上，那是一种罕见、神圣而独特的草，生长在天山脚下，往往是当作女儿家的定情信物。在缝合的那一刻，他忽然有一种“她心缝我心”晕眩感，他将信物紧贴到胸上，久久地、久久地，不肯移开。他抱着坎土曼，睡着了。

“喂，张大力，姑娘的话你也信呀，别累坏了身体哟。”大约过了半个时辰，一个熟悉的声音戳破了他的美梦。

张大力醒过来，瞧了瞧，见是王平顺班长，便发起狠来：“你去干活，完不成任务，小心我剋你！”

“知道，有个漂亮女兵等你呢？可人家有条件呀！一要看看你张大力革命干劲大不大，二要看你一天垦荒一亩地能否完成。照我看，你这进度，够呛！要不要我帮你？”王平顺打趣地说道。

“去去去，这里不关你的事。”见张大力一本正经的样子，王平顺知趣地走开了。

王平顺一走开，张大力一个人又干了起来。不知是受了王平顺话的刺激，还是另有激情，总之，他下午干活特别来劲，在他黝黑的身上，像上了一层灰黄色的漆。他忘情地干着，累了憩一憩。肖迎春拎来一小桶凉白开，放在地头上，这姑娘早已目测，一亩地的面积已完成了。张大力一人使两把坎土曼，一把钝了，甩给肖迎春，她用石头修理好。

傍晚时分，肖迎春回去吃饭了，张大力的心也随她飞了，他在荒地的东南边用棍子不停地写着“肖迎春，肖迎春，肖迎春，肖迎春”。写了十遍八遍的，然后退了几步，左看看，右看看，琢磨着哪一个写得最美。看来看去，张大力还是觉得没有一个比他心目中的肖迎春更美。现在，一亩地估计是有了，但这是目测，到底有否一亩，还难以定夺。于是，为保险起见，他决定再多垦一点。他拿起坎土曼，一握，原先的血泡弄穿了，血水淌了一手掌，他忍着，没有叫出声来。

张大力曲着身子慢慢坐了下来，想歇歇再干。可刚坐下，肚子便咕咕作响，他饿得一点力气都没了。他只好拿出一张旧纸，卷上烟丝，点燃了被当地人称之为“莫合烟”的自制烟，猛吸了几口，再看看四周，暮色沿着高山向河里漫过来，很快，远处的驻地，只剩下几盏黄黄的煤油灯光在闪烁着。淡黄色的风尘和夜色混合一处，带着浓浓的萧索。不久，卷起的沙粒在谷口疯狂地旋转，那情形如有巨大的魔鬼放出魔瓶，呼啸着来到人间，别有一番恐怖的滋味。

这时，张大力听到远处一声长长的狼嚎。他猛地警惕起来。为了防止野生动物偷袭，张大力决定在已开好的荒地中间燃几个火堆。一来可以照着自己垦荒，二来可以防狼。于是他急匆匆拾些枯枝败叶燃起来。过了一会儿，他辨出有种异样声传来，很轻，轻得几乎分辨不出那是什么声音。张大力以为动物来袭，猛地闪到一侧。他定睛一看，见一束火光在晃动，知道是个人。那人走近，便喊了起来："张大力，是你吗？你在哪？"

"我在这儿呢。"张大力听清是温柔的女声，等那人靠近过来，借着火光，他才认清是王喜凤。

"这老远的，你怎么跑这里来了？"张大力兴奋得突地从乱丛中蹿出来。

王喜凤却吓了一跳。提篮跌了下来，红薯、玉米、馒头撒了一地。

"瞧你？我看你一点不饿不是，给你送来吃的东西都给弄脏了，看你吃啥。"王喜凤嗔怪道。

"对不起。"张大力边道歉边拾起地上的馒头，用手抹了抹就塞进口中，鼓着嘴问："喜凤姐，你怎么知道我在这？"

"全团上下谁不知道！肖迎春说跟你打赌，一亩地！你能一天完成，她就嫁给你。"

这时，肖迎春也赶来了，白天她发现张大力脚指头红肿红肿的，裂了口子，正渗着血，估计是这泥土碱大，与汗水搅在一起泡的。

她带来了凡士林，往他脚上抹，防裂和消毒，随即把自己手袖上的布一撕，迅速把裂口包了起来。

肖迎春认真丈量着张大力垦荒地的面积，她知道，女人说出的话是不能收回的。

“喜凤姐，有一亩地了吗？”张大力问。

“有啦，一亩多了。”王喜凤道。

“喜凤姐，迎春的话可要算话啊！”张大力又说。

“当然算话！”肖迎春不等王喜凤说话，抢着回答，说完便离开垦地。

茫茫夜色吞没了原野，也吞没了两个人的表情。

也是这一天，邱可法与他们连的战士正挖着另外一块盐碱地。他脱去上衣，赤膊上阵，裤腿卷得老高。坎土曼下去，只有两三厘米深，而且挖着挖着，坎土曼就卷刃了。郑招娣就用备好的石头，将化钝的坎土曼磨快，或是将挖卷刃的坎土曼用石头砸平。

招娣将一杯白开水送给邱可法时，她突然心疼起这个男人来，特别是邱可法用双手接过她递过来的白开水时，她看清了这个光着上身的男人，发达的胸肌，粗壮的胳膊，这给招娣带来无穷联想。不曾想到，为她做人工呼吸的男人，竟有如此诱人的体魄。招娣深情地看了邱可法一眼，就这一眼，让邱可法这个大大咧咧的男人十分感动，他喝下水，回眸招娣一眼，又开始舞动着坎土曼。招娣定下神，邱可法的一招一式那么专注，激起了她对这个男人的一份渴望。

离开上海后，郑招娣关上心扉，将痛苦和委屈留给自己。当她来到骑兵团，那么多优秀的男人天天出现在她眼前，她的心扉也慢慢地开始敞开。特别是自己受伤的那一次，她躺在徐团长怀里，听到徐团长和邱可法的对话，从此，她开始留意起邱可法来。她甚至希望占有他，希望邱可法的心归她所有，对她忠心耿耿，被她彻底征服。

招娣懂得什么是爱。她属于那种最浪漫、最有情调的感性女人，她从来不会忘记制造浪漫，制造情调，可邱可法这样粗犷，又没有文化的粗人，值得她这样去爱吗？渐渐的，她用自己特别的柔情照顾他、温暖他、改造他。她把自己的爱锁定在这个天不怕、地不怕的粗野男人身上。

郑招娣有一把红色的洋伞，是母亲当初送给她的，无论是流落风尘还是进疆参军，洋伞始终伴随着她，即使有人批评她“资产阶级小姐气”，她也不肯丢弃。

洋伞成了郑招娣的标志，也为骑兵团的女兵们屯垦戍边起了某种神奇的作用。行军时无法辨别方向，洋伞是路标。这些天野外开荒，女兵们要解决方便问题，一望无际的荒地中洋伞是遮掩。每当洋伞撑开，那朵彩云遮掩住女兵躬下的身影，那些男兵们就会很大声地调笑几句，却又忍不住地用眼角去偷偷扫上几眼，这朵彩云飘进了男兵们心里。

上次在野外，郑招娣一个人往团部去，一匹野狼突然蹿出来。急忙中她猛地撑开了洋伞，没想到真把狼给吓住了。招娣自己也吓得跌坐在地，洋伞也压坏了。邱可法和几个战士正好在不远处，他急忙跑过来唬跑了野狼，扶起了招娣。四目对视，招娣看见邱可法这个粗人满脸通红，羞涩得像个大姑娘，忍不住破涕为笑。他俩一路走回团部，说了很多话。分别时，邱可法又主动把洋伞要去，说是替招娣修补好了再还给他。一把洋伞，曾经分隔了郑招娣的出身，现在她似乎感到自己与邱可法的距离在不断地缩小。

邱可法是徐团长的好兄弟，也是他最亲近的一个，17 岁那年从陕西老家参军。徐祖雄从苏联留学归来后，分在骑兵团当连长，那时，邱可法就跟着他。一路从太行山打到中原，越过八百里秦川，在甘肃又跟马步芳部打了几个月的恶仗，最后总算活着进了新疆。其实，作为一个身经百战的老战士，他也得到过上级的赏识，当过班长、排长、连长，直至副营长。可他有一股老兵油子的痞气和匪气，天不怕地不怕，说话脏话连篇，还喜欢打架，尤其对女性不够尊重，总觉得老娘们儿头发长见识短，事儿多，于是总惹出许多是非来，受过不少处分，最后那些“长”都给抹去了。徐团长总在帮助他，教育他，但他反倒说：“雄哥，这样更好，无官一身轻。”邱可法从来都改不了那“打抱不平”的坏脾气。

一物降一物。现在，邱可法遇到郑招娣，粗言粗语少了很多，脾气都和顺了。

这时，路华拎着一桶白开水：“歇会儿，喝水！”

王平顺上前舀起一杯白开水喝下，笑了笑：“舒服啊！”

或是挥动坎土曼动作太大，没等路华转身，他就倒翻在地，胯下随之发出一股裂帛一样的声音，路华的笑声吸引了四周干活的男战士们，好奇地拢过来瞧王平顺的裤兜全裂了，露出一条女人穿的花裤头，众人又是一阵哄笑。

邱可法挤过来，拉起正准备坐下的王平顺，“我看看，怎么回事。”王平顺再次曝光，让人联想到被他追求的女兵青青，她身上穿的长裤正是王平顺的。

“反正裤子已破，我们帮他脱掉好了。”不知是谁又一次起哄。一件很平常的事，被邱可法他们搅得热闹起来。

“你们冤枉人！”王平顺大声喊道，他已经看到站在旁边青青委屈的样子。

那时女兵进疆，只配发一套军衣和裙子，新疆气候变化大，蚊虫多，穿裙子很不适应。为了让女兵有裤子穿，男兵们纷纷捐出了自己的裤子，男兵的裤子也只有一两条，因此只得将那些废弃的裤子重新穿上，将好一些的送给女兵们。王平顺是个细心人，裤子平日保存得很好，还在裤脚缝了个王平顺。以免晾晒后人家弄混了，见青青脚跟上被蚊虫咬得斑驳一片，便主动将自己最好的那条裤子让给她。他没想到邱可法眼这么尖。

青青说：“是这样又怎么了？”她知道邱可法不好对付，说完走到郑招娣身边。

“邱——可——法！”招娣故意把邱可法名字拉长音喊出来，同时双眸狠劲瞪着邱可法。

招娣的这一声喊、一瞪眼，邱可法明白自己又犯浑了，这是他俩的默契。

王喜凤听到男兵们在起哄，过来看个究竟，对大家说：“王平顺的那件短裤是我改做的，那天他拿裤子来，我帮他缝补，我觉得他原来那条短裤也太破了，就帮他改做了一件。可惜现在手头只有一块小花布，只好委屈他这个大男人。大家就不用再闹了，赶快工作去，要不就完成不了任务了。”

“邱可法。”招娣又一个眼神飞递过去，她会用眼睛说话，不在大庭广众下批评邱可法。邱可法浑是浑，却很清楚这是招娣在给他留面子，给他以男人的尊严。不过，那效果却似金刚石划玻璃一样。邱可法明白，这是招娣让他干活去，别再闹了。

一场风波，就这么烟消云散了。

把女兵分到男战士班一起开荒，收到了意想不到的效果。好几对男女，在开荒中相互体贴，产生了爱情，特别是邱可法，真的被招娣的无微不至征服了。兵们调笑报复他时，他也不以为意。有事无事往她的“地窝子”那边跑，急难险重时他第一个想到的就是去帮招娣。在招娣面前，他完全像变了一个人，出奇地温顺和殷勤。招娣的眼神注入了灵动的星光，激发邱可法的雄心与潜能。邱可法铁定要和招娣好，不管出身差异，不管过去生活，不管文化高低爱就是爱。他无所畏惧，也感染了招娣。

这天，邱可法是最后一个返回营地的，形单影只的他把衣服搭在肩上，轻松地哼着小曲，大步流星。正走着，猛一抬头，突然发现郑招娣站在路边等他，他感到很是意外。

郑招娣笑着问：“任务完成的怎样？”

邱可法骄傲地：“你去量量，一亩二都富裕！”

郑招娣：“累不累？”

邱可法：“还成。我回去让那帮小子趴下，要一个一个踢他们屁股呢！”

郑招娣：“起风了，快把衣服穿上吧。”

邱可法顺从地穿上衣服。

郑招娣：“饿了吧？”

邱可法：“有点。”

郑招娣从挎着的军包里往外掏东西：“我给你带了馒头和从伊犁河打的水。”

邱可法完全愣住了，看看郑招娣，不知如何是好，手足无措。

郑招娣自然地把馒头递给他：“怎么，傻了！没见过这么漂亮的姑娘？”

邱可法愣愣地：“在遇到你之前真没见过！”

郑招娣：“你就别装傻充愣了。一边吃一边给我讲讲你的过去，好吗？”

邱可法：“行啊！以前家里穷，一个人就去了延安参加革命，到延安后就跟了徐团长南征北战出死入生。由于我是大老粗，脾气又不好经常跟人打架，我从连长降到了兵。因为打仗，没有恋爱史，至今光棍一人。汇报完毕。”

郑招娣：“完了？”

邱可法："完了，这还不简单？"邱可法咬了口馒头，"真香，太好吃了，以后还能吃上吗？"

郑招娣答非所问："以后可要改一改你的坏脾气。另外，还要跟着吴文化和悄然好好学习文化课。"

邱可法："好，我一定听你的。"

郑招娣："想求你件事。"

邱可法："我们之间，还用求不求的吗？有啥想法？说！"

郑招娣："我想跟你学骑马。"

邱可法嘿嘿一笑："太小意思了。告诉你，那你算找对了师傅。这么跟你说，咱们团讲马术，除了徐团长就数我了，我一定教好你。"

郑招娣："一言为定！"

晚饭后，战士们有的在操场上散步，有的几个人坐在一起聊天。

邱可法满操场追着张大力等几个战士踢人家屁股。

邱可法边跑边喊："大力，你们别跑，赶紧让我踢几脚完事。郝根生你还欠我两脚，看你往哪跑。再跑，我抓住你，那可不是用脚，而是用拳头揍你了。"

欢笑声、喧闹声响成一片。

人群中的郑招娣和肖迎春哈哈大笑。

看出来，邱可法是发自内心的高兴。

操场的喧闹也惊动了团部办公室里的徐祖雄，他隔着窗玻璃注视着这一切，看到了女兵的到来给部队带来的变化。

夜晚，是学习的时间，教室灯火通明，解悄然手拿书本，在给战士们朗诵。吴文化在前排靠边的位置上旁听，不时地还记录到笔记本上。

教室里坐着路华、肖迎春、郑招娣、邱可法、郝根生等男兵女兵，路华聚精会神地听着演讲，王喜凤在记笔记，郝根生边听讲边拿眼睛偷偷瞄着路华，路华专注的神情让他着迷。

在大家的共同努力下，骑兵团超额完成了当年的垦荒任务，徐祖雄内心的高兴劲别提了。

春天种子播下，骑兵团的官兵们开始忙他们的战马，这是男人的本领，当他们骑上战马，飞驰在草原上时，神气极了。女兵们在草原上快活得像小鸟，她们想飞，受了男兵们的感染，她们也想跨上战马……

伊犁，可是养育战马的风水宝地啊！

徐祖雄早就有一个梦想，要在这里办一个军马场。战马即战友，他的那两匹战马跟随他南征北战，在戈壁剿匪时穿越茫茫荒漠，骑兵团官兵们宁背辎重，不骑战马；宁饮己尿，不杀战马。那些精疲力竭的战马最终与战士们一同走出绝境。战斗胜利后，徐祖雄抱着战马流下了热泪。马是能让他奔驰的战友，也是能与他同甘共苦的生死之交。

警卫排长郝根生领着一位哈萨克族老人进了院子，老人手里还牵着一匹骏马。

徐祖雄和几个官兵迎上前：“巴拉斯提大叔，您怎么来了，欢迎欢迎。”

巴拉斯提："徐团长，我是来给您送马来了。这可是一匹千里马呀，有着伊犁马和传说中汗血宝马的优点。"

徐祖雄惊叹："好马，天马来兮从西极！咱伊犁真是天马的故乡，巴拉斯提大叔，一个称职的骑兵，能驻守在美丽的伊犁河谷，不仅是幸运，简直就是荣耀啊。"

巴拉斯提真诚地说："团长，你们驻守在这里不仅保卫我们的平安，还帮助我们建设边疆，功不可没呀！我也活了这把年纪了，你们是我见到的名副其实的英雄。常言说，宝剑赠英雄，我看只有你们这些'西域雄鹰'，才配得上骑这匹不寻常的千里马。"

徐祖雄："感谢您的慷慨，巴拉斯提大叔。但我们有纪律，不能要你的马呀。"

巴拉斯提："别误会，不是送，是放在你们骑兵团，帮我饲养。"

徐祖雄明白巴拉斯提大叔的意思："您是要把这匹马变成军功马呀。"

巴拉斯提："对，对！"

看见它的第一眼，徐祖雄就明白巴拉斯提大叔一点没有夸张，这真是一匹罕世的好马！

这马，也与徐团长特别投缘，他俩在伊犁河谷厮磨了一天。

当晚，与王喜凤商量完工作之后，徐祖雄又进了马厩里，与他的千里马待了好半晌，说了很多话。返回宿舍，彻骨的孤独，再次让他回到原生态，多年来，他紧闭自己内心的情感，然而此刻，他还是平静不了心中的激动，又开始对心中的女人倾诉。

沂：

迫不及待想告诉你：今天巴拉斯提大叔送了我一匹千里马，说是纯汗血宝马与伊犁马交配生下的。他还说，马是上天赐给人类的礼物，马与生俱来有一种品性，可以领会人的精神不惜牺牲自己的生命。它会为你战斗。这让我想起在伏龙芝军事学院伊万诺夫导师对我说过的类似的话。作为一名光荣的骑兵，我当然视战马为战友，视战马为生命。你能想见跨上这匹汗血宝马飞驰在伊犁河谷，我心何等快意！但忽然间又勒马凝思、黯然神伤，要是在苏联战场上我能有这样一匹快马相助，你或许也不至于会倒在敌人罪恶的枪弹下！沂，待残匪剿灭后，很想在这里建个军马场，让汗血宝马繁衍生息，驰骋在保卫祖国、保卫边疆的沙场，让敌匪的子弹永远也飞不过我军的快马。

6. 河谷之夜

伊犁河谷之夜，山际边一片云彩，突然，河谷红红的一片半个月亮爬出来。

是日，徐祖雄引领着军区兄弟部队的领导观看战士训练，是那么专注。

“报告团长，34 师政治部乔干事有事找您。”通讯员小跑到徐祖雄团长旁边。

乔干事来到徐团长面前，“听说你们这次招的女兵中，有一位上海来的女兵？”

徐祖雄说：“怎么，消息还挺灵通的。不错，我们团的确招了一位从上海来的女兵，叫郑招娣，你们首长看中人家了？”

乔干事说：“确有其事，不过听说她是从妇教所来的，如果真是这样，我们就不考虑了。”

徐祖雄面色严肃地回复：“你回去告诉你们首长，郑招娣是从上海妇教所来的，但是她到了骑兵团就是我的好战友，我的好姐妹。”

说完徐祖雄甩下乔干事走了。

乔干事望着他的背影无可奈何地摇着头。

盐碱滩地头，邱可法在低头吃着郑招娣送的饭。

郑招娣就坐在他的旁边，看着他大口大口地满足地吃着。清风吹拂着她美丽的秀发，她有些陶醉。

草地上，郑招娣骑上战马，英姿飒爽。

邱可法耐心地做着指导，纠正她的动作，邱可法浑身有使不完的劲，精气神十足。

早操结束，直属连的战士列队站在徐团长和连长王喜凤面前。

徐祖雄："同志们，在开荒种地开展新一轮劳动竞赛的同时，我们也要加紧民族地区民兵连的建设，只有全民皆兵，才能够尽快全歼残匪，还老百姓安宁。我和王连长商量，这个任务先由直属连来完成。"

王喜凤："这次的主要任务是走访周边县乡，把民兵连建设的'鸡毛信'送给当地干部，并商量好以后的训练安排。这次任务你们要结伴去，男女搭配自愿结合。做民族工作，男同志有男同志的优势，女同志有女同志的长处，一定要统筹考虑。这是一次考验，考验你们胆大心细，考验你们配合能力。"

王喜凤："这次任务徐团长也参加。等你们胜利归来，我和徐团长为你们开联欢会、庆功！"

战士们又是一阵欢呼。

男女战士两两相约，有的骑马，有的徒步分往四面八方。

喜凤是个有心计的女人，她叫住路华："路华！你负责陪徐团长。"

路华依旧洋溢着青春："姐啊，你真好！"说完，兴奋地飞奔来到徐祖雄身边，拉着徐团长的手，向河谷深处走去。

徐祖雄稍稍犹豫了片刻，没有拒绝，宽厚的手把路华攥得紧紧的。

伊犁河谷，油彩般的雪岭云杉，承载着季节的变化，散发着自然原始的生命乐章。穿越在绿谷之中，徐祖雄给路华讲述着林子里的各种动、植物。路华幸福地听着。

不远的雪山，洁白的羊群越爬越高，这就是哈萨克谚语中的"雪牵羊"。

徐祖雄："路华，伊犁河谷美吗？"

路华："太美了，好似人间仙境。"

徐祖雄："人们说，世上路走得最多的是哈萨克人，世上搬家最勤的是哈萨克人。这是一种生命的追随与世代游牧的繁衍。"

路华："姐夫，你懂得可真多。"天山红花映衬之下，路华如阳光般火热、单纯、透亮，她兴奋地说："姐夫，我想听你讲你的故事。"

徐祖雄："真想听吗？我的故事可是很残酷哟。简单地说吧，我曾经留学苏联，在伏龙芝军事学院学习，和你姐是同学也是战友，回国后参加解放战争，从延安一直打到新疆。我和你姐有过一段非常美好的爱情，可惜，战争没让它延续，战争剥夺了她年轻的生命。"

"对不起姐夫，又让你想起伤心的往事！"路华眼睛闪现泪花。

徐祖雄:“没什么！每一个男人都有自己的故事！”

路华深情地依偎着他。

这时远方传来一首非常优美的歌曲:《回归自然》

徐祖雄接着说，或许，这也是一位男人的故事。

新疆，亲爱的新疆
你留给我太多的难忘
因你而美丽，因你而阳光
回归自然最美的地方
我曾在帕米尔高原上
亲吻青青草香
我曾在伊犁河谷旁
守望粼粼波光
我曾在天山雪域上
伴陪着雪莲花香
我曾在戈壁沙漠旁
凝视不朽的胡杨
啊！新疆
日思夜想的地方
啊！新疆
回归自然最美的地方

哈萨克族家庭院，吴文化、解悄然、郑招娣、邱可法同哈萨克族同胞海那尔、阿依古丽围坐在院子里圆桌旁热烈地交流。

圆桌上摆满了各种水果和葡萄干、巴旦木等干果。

小两口热情地招呼着客人，让他们边说边吃。

吴文化笑着说："你们也新婚不久，家里家外事情很多，我们经常麻烦你们，真是不好意思。"

海那尔满脸笑容："不客气，不客气！随时欢迎你们，一家人不说两家话嘛。"

阿依古丽微笑地看着眼前的客人。

吴文化："我们这次家访，主要是给海那尔送民兵建设的'鸡毛信'，希望你带领村里的民兵在搞好农牧生产的同时，不忘加强民兵训练，配合部队，保护人民群众的生命财产安全。"

海那尔态度坚决："请解放军同志放心，你们处处为我们着想，我们没有不全力配合好的道理。"

吴文化："有你的态度，我们就放心了。具体事情我们再仔细研究一下。"

解悄然、郑招娣和邱可法在旁边附和着，看出来吴文化和哈萨克民族的这小两口相当熟悉。

解悄然定神地看着吴文化，水灵灵的眼睛里充满爱意。

吴文化："还有个事情想要拜托阿依古丽了。你的新疆舞跳得可是远近闻名，骑兵团的文艺宣传队，我们的姑娘小伙要向你拜师学习。"

阿依古丽爽快地回答："哈哈，这不是问题，包在我身上。"

葡萄架下阿依古丽领着郑招娣、解悄然翩翩起舞。阿依古丽形象漂亮，身材姣好，舞姿非常优美。

郑招娣有舞蹈基础，上手很快，一招一式有板有眼。

黄昏的伊犁河边，解悄然和吴文化沿着河边散步。

解悄然："文化，现在我真的很佩服你。"

吴文化："佩服我？哎呀，你说得是什么呀，把我搞糊涂了。"

解悄然："我说得是真心话。以前我对你的工作还有些误解，认为你一个大男人，不去冲锋陷阵，整天诗词歌赋，吹拉弹唱的，有点不务正业。通过这一段时间的接触，我对你的看法彻底改变了。"

吴文化故意逗她："是吗？那你说说看。"

解悄然一板一眼地说："首先呐，不能被你的外表所蒙蔽，你看似书生，内心其实非常强大，其次呢，你还曾在战斗的第一线，再其次，你还是一个有情有义的人，像我们湖南人。从你和海那尔等少数民族同胞的关系上就能够看出来。"

吴文化看她单纯的样子，感到非常可爱，进一步逗她："怎么都是优点，就没有什么不足和需要改进的？"

解悄然眨眨眼睛想了想："当然有呀，你最大的不足就是……"解悄然留了半句。

吴文化："怎么留半句呢？最大的不足就是……让我想想……就是虽不是湖南人，但多情亦重情。"

解悄然的脸红了，吴文化完全说到她的心里想说的话，她说：

“文化，我出身于一个大地主家庭，身上有很多封建主义的思想，毛病和缺点也不少，希望在部队这个大熔炉里锤炼成长，你要多帮助我呀。”

吴文化认真地：“悄然，我们互相帮助，共同进步。说真的，悄然，你可能不知道，从打第一眼看到你，我就特别喜欢湖南人了。”

解悄然脸上泛起了红晕：“文化，我用湖南人独特的性格来喜欢你！”

吴文化动情地看着她，两只手慢慢拉在了一起。

落日余晖照在两个志同道合的年轻人的身上。

“露从今夜白，月是故乡明。”就要到八月十五了，跟地球一样古老的月亮，是人们黑夜中的明眸。

王喜凤和徐祖雄商量，来一个军民大联欢，搞一场篝火晚会，具体组织工作就交给团宣传队长吴文化。王喜凤告诉吴文化说，晚会要把巴拉斯提大叔和当地各民族同胞邀请来，要突出民族特色，要有气氛，晚会一定要热闹，把大家积极性调动起来。吴文化是个有心人，不仅精心组织这场晚会，还特意创作了一首名为《神往》的鹰笛独奏曲，献给大家活跃气氛。

大联欢伊始，王喜凤首先作了个简短的开场白：“同志们，伊犁河谷的美丽，是我们中华民族共同创造的。在这个月圆时刻，让我们燃起篝火，载歌载舞，预祝各项事业大丰收！”

接着吴文化走上来主持晚会。“同志们，一夜高风凋碧附，凋不谢青春的火焰；满地寒露凝余香，凝不住嘉美的年华。中秋是中华民族情感的纽带，也是中华文化的传承，下面我提议，首先请我们最优秀的骑兵团长、每次战斗中身先士卒的徐团长拉开文艺晚会的表演序幕。”

在大家的欢呼声、掌声中，徐祖雄健步走到场地中央，他望着大家说：

> 同志们，今晚的月亮特别圆，特别大，让我们把思乡的情，爱家的意，以及保卫边疆建设边疆的冲天干劲，都寄托给这轮高挂的明月吧！现在我想请我们尊敬的巴拉斯提大叔和我一起为大家朗诵。我曾有幸与巴拉斯提大叔一块聊过唐宋诗词和哈萨克族叙事史诗。巴拉斯提大叔，我先朗诵苏东坡的《水调歌头·明月几时有》，接着由您吟唱一段咱们伊犁河谷的‘荷马史诗’——《黑萨》。

巴拉斯提大叔庄重地点点头，在热烈的掌声中，徐祖雄和巴拉斯提大叔一起欣然上台。

“明月几时有，把酒问青天，不知天上宫阙，今夕是何年。……人有悲欢离合，月有阴晴圆缺，此事古难全。但愿人长久，千里共婵娟。”

徐团长朗诵得声情并茂。接着，轮到巴拉斯提大叔，他说“黑萨”是哈萨克音译，源于阿拉伯语，原意为故事、长语、长诗、叙事歌，唱完一部《黑萨》，三四天也许都不够用。我这里给大家先唱几段。巴拉斯提大叔清了清嗓音，吟唱起来：

> 特克斯河、巩乃斯河和喀什河，
> 汇聚而成美丽的伊犁河。
> 太阳照耀着的昆仑山，
> 公牛肉汤一样的河水
> 金子一样的土地，
> 这里是哈萨克人民最好的牧场……

在巴拉斯提大叔的吟唱声中，几位哈萨克姑娘小伙，情不自禁地翩翩起舞，与这吟唱浑然一体。

在雷动的掌声中，巴拉斯提大叔又朗诵了一段维吾尔族最有名的《乌古斯汗传》。

> 我是你们的可汗，你们拿起盾和弓箭随我征战，让苍狼作为我们的战斗口号，让我们的铁矛像森林一样，让野马奔驰在我们的猎场，让河水在我们的土地上奔流，让太阳做旗帜、蓝天做庐帐……

全场都被带入了英雄史诗的想象中。徐团长和巴拉斯提大叔一气呵成，完成了这次合作。徐团长说：“我们这里为大家先暖暖场，大家一定要沸腾起来。”说罢，挥手作了一个扬鞭催马的姿势。

下面音乐声顿时响起，身着各自特色服装的姑娘和小伙子们走了出来。首先是维吾尔族舞蹈，维吾尔族是个喜欢春天的民族，同时是一个乐观、浪漫、智慧的民族，维吾尔姑娘都喜欢鲜艳的色彩，一年四季都穿着漂亮的裙子，用当地产的汁液描眉，把眉毛勾画得细长。在手鼓、沙巴依声中，响起都它尔、热瓦甫、艾介克等弹拨出的欢乐乐曲。每个姑娘都有那么多辫子，当小伙子半跪，拿着沙巴依围着姑娘转时，战士们的心也随着姑娘的脖子一起动。他们又请出男女战士，手拉手圈成大大的一个圆，伴随着舞曲，扭动着腰肢，节奏拍得叭叭响。跳跃间，姑娘们的曲线开始变幻起来，朦朦胧胧的撩起久旱男兵的千万渴望，渴望中的男兵一个个手脚都不知怎么放好，踩脚碰肩的大有人在，尽管用心良苦的吴文化已提前请老师教大家两天，可扛枪使锄的手，此时还真不好使。

接着，是哈萨克族同胞表演。他们同样多才多艺，赛马、叼羊，特别是，哈萨克族同胞带来了的阿肯弹唱和民族舞，晚会的气氛被推上了一个新的高潮。

战士们高兴，姑娘们开心，王喜凤打心里满意，她看着吴文化忙里忙外，搞起文艺活动来真是一把好手。接下来是吴文化的冬不拉独奏，曲名《神往》。那声音悠扬飘逸，像一缕待解的情丝，叫人如痴如醉，在场的人引颈神凝，侧耳恭听，冬不拉弹奏的是对生活的神往，是对未来的神往，是男人对女人的神往。

吴文化的激情在感染大家。解悄然也入神地凝视着吴文化，陶醉在优美的弹奏声中，想着想着，她猛然定神，目光与吴文化撞在一起，敏锐的解悄然从吴文化的眼神中发现了一股激情，这激情似乎特意洒落在她的身上，令皎洁的月色也一时黯然无光。

“吴文化啊！你在想我吗？”解悄然冲吴文化若有所思地看了一眼，然后离开了联欢的人群，一个人漫步到雪岭云杉下，背靠着一棵大树。远处群山环绕，牧草如茵。解悄然有自己的神往，自己的思念，一个谁也不愿告诉的秘密。月色中的《神往》仿佛专门为她而作，带走了悄然的思绪，一次次敲击着悄然的心扉，使她此时此刻从伊犁河谷飞回到浏阳河边……

联欢在继续。郑招娣被大家推上台，她浑厚的女中音，唱了一首“喀秋莎”。这是一首苏联歌曲，欢快的节奏感染了全场。她知道，团长曾在苏联留学，“喀秋莎”是她精心准备的曲目。邱可法望着招娣，只知道憨憨地笑着。

听着这熟悉的乐曲，徐祖雄第一个一跃而起，他请路华跳舞，徐团长标准的舞姿，让路华只有跟着转的份，徐团长仿佛回到了莫斯科郊外，回到生死患难的路沂身边，他陶醉了。

大家也都纷纷投入歌舞的海洋。

几只草原鹰停在雪岭云杉上，云杉更挺拔，只有树叶掣动。天上只剩下朦胧的月亮圆满地高挂着，丝毫不在意云朵的时聚时散。夜已经很深，联谊会才结束。

第二天一早，徐祖雄办公室里。

“报告！”

“请进！”

徐祖雄正伏案写着什么，全神贯注。

王喜凤风风火火走了进来：“团长，您找我？”

徐祖雄：“是的，快请坐。”

王喜凤坐了下来，注视着团长。

徐祖雄：“喜凤同志，找你来就是想和你商量商量通过这一段时期的工作，女兵们也都渐渐适应了部队的生活，我看战士们的婚姻大事就应该尽快提到议事日程了，对此想听听你的意见。”

王喜凤：“我也是正想向您汇报这个问题。”

徐祖雄：“早在部队进疆前，有些同志对此有意见，因为新疆太偏远了。为此他们还编成了顺口溜，‘抗日战争打胜仗，南下北返饿肚肠，南泥湾里去开荒，胜利以后去新疆，成了光棍，丢了爹娘。’所以说同志们的情绪波动很大，这个工作必须做好，这是关系到新疆建设的长治久安，社会稳定的大事情。”

王喜凤：“是啊，最早的女兵主要来自湖南，所以才有‘八千湘女上天山’的说法。但在王震将军的亲自关怀下，从全国各地征召的女兵陆续进疆，男女战士比例基本失衡的问题得到了缓解。”

徐祖雄：“是啊，中央领导是在帮我们解决大难题呀。”

王喜凤：“目前我了解别的兵团的情况是，对应征入伍的女兵，先由干部逐级选择，再由战士挑选。”

徐祖雄眉头皱了皱：“喜凤，还有没有更好的办法。”

王喜凤："我也没有完全想好。"

徐祖雄："我看咱们先到战士中间了解了解，听听他们的看法，再做决定吧。"

王喜凤："我完全同意你的意见，不过徐团长，我看路华很喜欢您。"

徐祖雄："是吗？"

王喜凤："路华是一个非常单纯、阳光、可爱的姑娘，打小她跟我娘长大，她的姐姐路沂，曾是您的妻子，又是革命烈士后代，前几天，她居然很晚来找我，后来干脆钻进我被子里不走了，问了很多关于男人的话题。"

徐祖雄："路华单纯得可爱。"

王喜凤："是我们的徐团长魅力太大了！特别是在战马上，那帅气，您是我们女兵们的偶像。"

徐祖雄："是吗？我真那么有女人缘吗？我觉得男人最大的担当，就是要把国家利益放第一位。作为团长，我应该为战士们做出表率！"

王喜凤："徐团长，和平时期了，您也该成个家了。"

徐祖雄听了王喜凤的话，说道："我个人的事，可以放一放，当前最重的是找到一个好的办法，解决骑兵团那些未婚干部战士的婚姻大事。"

王喜凤点头，表示同意。

夜，王喜凤和女兵们交谈，了解情况，听取意见。

海那尔家，吴文化在向哈萨克族艺人请教“冬不拉”的演奏技巧。

海那尔坐在旁边观看。

阿依古丽在教解悄然舞蹈动作。

在海那尔家大家围坐在桌前吃水果，唠家常。

哈萨克族艺人羡慕地看着吴文化和解悄然，赞道：“真是天生一对，郎才女貌，你们的娃娃多大了？”

阿依古丽：“大叔，他们还没有结婚呐。”

吴文化：“我们正在努力实现朋友关系的进一步发展。”

解悄然脸通红，点头默许。

哈萨克族艺人哈哈大笑，转头对吴文化：“小伙子抓点紧呐，这么好的姑娘别让人家抢跑了。”

海那尔：“大叔，看你说的，都是解放军战士，谁抢谁呀？”

这时的解悄然顾不上不好意思，焦急地说：“古丽姐，婚配方案还未正式公布，我还真担心被别的同志挑走了，那可咋办呐？”

阿依古丽：“妹子，别着急，到时你就说你和吴队长已经好了，而且还怀上了他的孩子。”

海那尔：“对呀，这叫什么呐？嗯，叫生米煮成熟饭。”

吴文化急忙劝道：“哎呀，什么熟饭生饭的？这可不成，这可是违反纪律的，要受处分的。”

解悄然：“文化，那你总得想个办法呀。”

吴文化沉思：“放心，办法一定会有的。”

海那尔赞许，手摸胡须大声道："有情人，有情缘！"手指拨动冬不拉，唱道："掀起你的盖头来，让我来看看你的脸……"

琴声飘过人们的心间，飘过伊犁河谷。

在伊犁河谷草原上，邱可法和郑招娣分别骑着两匹军马在草原上驰骋。

郑招娣的马上技艺提高很快。

邱可法还是不厌其烦地对她进行指导并示范给他看，他在马上潇洒自如，霸气十足。

郑招娣看在眼里，喜在脸上。

回程的路上他们让战马慢下来，骑在马上边走边聊天。

郑招娣的心情极好，显得十分放松："老邱，你听说了吗，团里要在联谊会上选对象？"

邱可法在郑招娣面前还有些害羞："谁不知道，大家都盼着这一天呐。"

郑招娣："哎，老邱，你跟我说实话，要让你选，你会选谁？"

老邱："你咋净问没用的，当然是选你，必须的！"

郑招娣故意气他："你选我，我也不一定跟你好，更不可能和你结婚。"

老邱急了："你不跟我结婚，那你跟谁结婚？"

郑招娣继续："你别忘了，你就是个大头兵，要是哪位领导挑中我，就没你的份了。"

老邱发狠道："谁敢跟我抢，我就对谁不客气。"

郑招娣笑得弯下了腰："老邱，你太可爱了！"紧拉缰绳策马飞奔，一语双关地，"老邱，你追我呀！"

老邱紧随其后追她："小样，看我能不能把你拿下，走着！"

两匹骏马一前一后在草原上奔驰。

团部操场上，全团战士出早操，男兵女兵在指挥员的口令下，严格训练。

徐祖雄站在办公室门前表情严肃地注视着训练过程。

早操结束后，士兵三五成群的在广场上自由活动。

徐祖雄在门前踱着步。

警卫排长郝根生凑了上来："团长，有件事想和您说一下。"

徐祖雄："有话尽管说。"

郝根生："是这样，我听说过几天要在女兵中选对象。"

徐祖雄："是的，你也有份。"

郝根生："我和您说点心里话，我看好了一个女兵，也试着和她接触，但人家没反应，我这心里也没底，到时候能不能请领导做主，让她嫁给我？"

徐祖雄正色："那怎么可以呢，恋爱自由，谁也没有权力干涉别人的幸福。再说了，看上人家就要大胆地去追呀，求我没用。"

郝根生："我这心里一点谱都没有，俺爹俺娘在老家还等着抱孙子呢。"

徐祖雄感兴趣地问道："你小子看上哪个姑娘了，我可以帮你参谋参谋。”

郝根生向操场上正在和女兵说笑的路华一指：“就是她，卫生队的路华，来接她们进疆时我就看上了。”

徐祖雄愣住了：“路华？”

郝根生没有觉出徐祖雄的异样，继续问：“团长，您看我的眼光怎么样？”

徐祖雄像是对郝根生，又像是自言自语小声地：“好，好！”说完拍打着郝根生的肩膀，转身回了办公室。

留下郝根生一人在那犯嘀咕。

徐祖雄回到办公桌前，狠狠地用拳头砸了一下桌子，懊恼地坐了下来发愣。呆坐了一会儿，他打开抽屉拿出了笔记本，掏出钢笔写了起来。

徐祖雄用真情，记录下了他的内心：

亲爱的，你说我这是怎么了？自从你永远地离开了我，我对你的思念从没有离开过。我心已冷，感情的大门已经关闭，我认为可能再也无法开启。路华的到来让我仿佛又见到了你！她有着和你十分相像的外貌，和你一样善良的心灵，我以为这是上天对我的恩赐，是你在天堂对我的祝福。但今天我的警卫排长也告诉我对她产生了爱意，我还真不知道如何回答才好。请你告诉我，有什么灵丹妙药解我心结！

徐祖雄也是一名烈士的后代，在上海被组织找到后，选派到苏联伏龙芝军事学院学习。徐祖雄的导师叫伊万诺夫，参加过第一次世界大战，不单射击了得，骑术也很精湛。

徐祖雄和路沂是一起从延安到苏联的，路沂美丽善良、温存体贴，学的是战地救护。他俩同在莫斯科学习，他俩常在一起交流，并在异国他乡产生了纯真的爱情。

苏联卫国战争爆发，他俩约定，消灭法西斯后就结婚回国，徐祖雄不敢回忆那次战斗，不敢回忆路沂为掩护自己而付出生命，付出了全部的梦想与希望。

徐祖雄将悲痛和怀念深埋心底。一个男人，深爱一个女人，更何况这女人为他付出了宝贵的生命。徐祖雄的情感世界紧紧关闭了，他决意终身不娶，同时发誓一定要找到路沂的妹妹。现在已经找到了！路沂，你知道吗？你妹妹找到了，而且在我身边。他的内心不停地对着路沂诉说，滔滔不绝……

招娣是个心细的女人，她能理解邱可法。从上海到新疆，她经历了太多的磨难，太多的不可思议。她委屈过，谁理解她？她伤心过，谁同情她？她流泪过，谁帮助她？恰恰是骑兵团，恰恰是邱可法，貌似粗鲁的他，给了她无私的关爱。

招娣心里已锁定邱可法，只不过粗心而较真的邱可法不明白而已，垦荒的那段日子里，招娣已被邱可法深深感动，招娣知道，改变邱可法这样认死理的男人，需要时间，要心细，要智慧，招娣相信自己能改变邱可法，使他成为自己深爱的男人。自信，女人的自信有时特别实际、实惠。

天上只剩朦胧的月亮圆满地高挂着，丝毫不在意云朵的时聚时散。

7.“抓阄”牵手

“我不同意！”

在王喜凤主持的女兵讨论会上，东北姑娘肖迎春抢先发言。

一贯作风泼辣的王喜凤和颜悦色：“迎春，说说你的理由。”

肖迎春：“连长，我们可是新中国的女兵，千里万里来到新疆，是新疆建设的主力军。我不同意由干部逐级挑选。”

解悄然：“凭什么总是由男人挑女人？”

女兵们附和着：“是呀，连长。”

王喜凤：“军队有军队的特殊情况，边疆的建设刻不容缓，哪有时间让大家慢慢谈恋爱。”

女兵们有的沉默不语，有的交头接耳，叽叽喳喳乱作一团。

肖迎春问：“喜凤姐，骑兵团有你喜欢的男人吗？”

王喜凤说：“当然有。”

肖迎春说：“如果你喜欢的那个人，挑选了别的女兵呢？”

王喜凤说：“我会祝福他们的。”

路华说："喜凤姐，你能保证只有你一人喜欢这个男人吗？"

王喜凤说："我当然不能保证。"

路华说："那有人比你更喜欢这个男人呢？"

王喜凤又说："我相信缘分。"

突然，肖迎春大声喊道："姐妹们，静一静，听我说！"

大家安静下来看着她。

肖迎春："连长，我倒是有个大胆的想法，不知行不行。"

王喜凤和女兵用眼神鼓励她说下去。

肖迎春："在我们老家，有个习惯，每当遇到大事不好做决定的时候，就采取'抓阄'的办法。"

女兵们眼睛亮了："抓阄？"

解悄然听到"抓阄"，又紧张了，瞪着大眼睛看着大伙，不敢说话。

半天没说话的郑招娣马上接道："抓阄？这办法挺新鲜，抓到谁是谁。有意思。"

王喜凤沉思了一会儿："我也觉得可以尝试尝试，我向团领导汇报后再决定吧。"

徐祖雄在会议室召开全团干部开会，听大家的汇报。

王喜凤："这几天我作了摸底调查，办法到是想了一个，不知操作性怎样，这也是女兵们自己提出来的。"

徐祖雄期待地："快，说说看。"

王喜凤："抓阄！"

众人炸锅了：“抓阄？”

参会的许多干部也带着疑问：“抓阄？”

王喜凤肯定地：“对，抓阄！”

徐祖雄略加思索地说：“好，抓阄！我觉得这是目前我们能想到的最好的办法，具体问题再细化一下。”

大家交头接耳，纷纷表示赞同。

徐祖雄语重心长地对大家：“同志们，我们骑兵团就是要领风气之先，在干部战士选择婚姻对象时，要一视同仁，干部坚决不能搞特殊化，这是原则问题。最近我一直在为这事发愁，如今我们可以尝试尝试这个办法。前一阶段在生产和训练中，有些男兵和女兵建立了感情，对此我们应该鼓励他们安家立业，扎根边疆。对暂时还没有确立关系的，我们要给他们创造条件，帮助他们迈出人生的关键一步。”

王喜凤：“我们可以不叫‘抓阄’，叫‘牵手游戏’。男兵女兵牵手后，在革命工作中互相帮助，建立感情，争取喜结良缘，牵手不成，也不能勉强，顺其自然，我们再为他们创造机会。”

徐祖雄：“我同意喜凤同志的想法，接下来要尽快拿出细化的方案。”

伊犁河谷草原上，战士们在草场上放马。

邱可法和张大力斜坐在草地上闲聊，邱可法嘴里咬着细细的带叶子的树棍，悠然自得。

张大力：“老邱，我问你，听说这次婚配方案，我们骑兵团采取

‘抓阄’的方法？”

邱可法白了他一眼：“不就是热闹一下，我反正选定我们家招娣。”

张大力：“就不再考虑考虑别人了。”

邱可法：“谁跟你似的，磨磨叽叽。这叫专一，懂不？哎，我说，大力，你不是也看好东北大丫头了吗？”

张大力：“那是，东北丫头可好了，长得好，皮肤好，知冷知热的，就是脾气有点虎。”

邱可法：“那要是万一没抓上，不就歇菜了吗？”

张大力：“我说老邱，你这乌鸦嘴就不能说点好的呀，刚才你不是说了吗？‘抓阄’就是‘游戏’嘛。不是有那么句话吗，这辈子谁跟谁叫‘情源’，老天爷早就给你定下来了。”

邱可法感叹：“情源？老天爷这也管呀！”

在团部宣传队，屋内只有解悄然和吴文化。

吴文化怀抱“冬不拉”弹几下，停下来记下乐谱。

解悄然：“文化，‘抓阄’就要举行了，你不紧张吗？”

吴文化：“悄然，我想为你谱一首琴曲，谱好后唱给你听。”

解悄然担心地：“真是个书呆子，要是我被别人抽中了，可咋办呀。”

吴文化胸有成竹劝道：“你是我的，我是你的，命中注定了。”

解悄然：“你要是抽不中我，我就终身不嫁！”

吴文化：“那我就终身不娶！”

琴声再一次响起，解悄然的肩膀靠了上来。

伊犁河水清澈宽阔，路华挽着王喜凤沿着河边散步聊天。

路华：“姐，你说，徐团长他知道我喜欢他吗？”

王喜凤笑道：“我想他应该知道，男女在感情方面是特别敏感的。”

路华一脸幸福，她突然对喜凤说：“姐，我可能怀孕了。”

王喜凤说：“是徐团长的？”

路华点头。

喜凤说：“未婚先孕，组织上知道了，徐团长是要受处分的。”

路华看看喜凤，不知怎么回答。

喜凤说：“快说是怎么回事？我想想，看怎么帮你？”

路华十分委屈：“那天，我去给他送葡萄干，他不在，我就坐着等他，后来我困了，就倒在床上睡着了。”

喜凤着急：“后来呢？”

路华说：“后来他回来了，我就把葡萄干给他了。”

“再后来呢？”

“什么再后来，没啦！”

“他没摸你？”

“没有。”

“他没那个你？”

“哪个呀？”

“他没摸你，没那个你，你怎么怀孕？”

“哎呀，姐，到底哪个呀，你别老那个那个的，你说过的啊，在男人床上睡觉是会怀孕的。”路华不好意思、害羞地低下头：“而且，我最近老想吃酸的。”

喜凤松了一口气：“我的姑奶奶，别疑神疑鬼的，真服了你这个傻丫头了。”

路华：“那我没怀孕啊！”

王喜凤：“嗯，你没怀孕，别吓唬自己了。徐团长是一个真正的男人，他把担当看得很重要。”

路华：“姐，我懂了。”

王喜凤笑着看着她，目光充满怜爱。路华，你知道吗？我也希望牵手他啊！

路华：“姐，你有没有意中人？”

王喜凤仍显示出大姐大风范：“姐是结过婚的人了，有些事情不敢奢望，只能听天由命。”

路华：“姐，你可不能这么说，就凭你这么精明强干，我相信你一定会给我找到一个好姐夫的。”

王喜凤苦笑：“只要妹子你能幸福，我就比什么都高兴！”

路华：“你真是我的好姐姐，我要和姐姐一起幸福！”

在一个阳光明媚的日子里，在骑兵团团部，“抓阄”、牵手，拉开序幕，骑兵团官兵整齐就座，脸上洋溢着灿烂的笑容。男兵、女兵表示出少有的紧张。

徐祖雄和巴拉斯提大叔坐在一起交流着。

暖场文艺表演由吴文化主持。

吴文化声情并茂：“同志们，此时此刻，伊犁河谷就是我们可爱的家。在这样的美人美事美景中，在这个民族团结的大家庭里，我们相逢，我们向往，我们祝福！让我们唱起来，跳起来！”

干部战士热烈鼓掌。

维吾尔族同胞精选了视为“生命之光”的《十二木卡姆》套曲。

哈萨克族艺人弹起了冬不拉。

阿依古丽跳起了优美的新疆舞蹈。

柯尔克孜族同胞传唱了自己的千年史诗《玛纳斯》。

锡伯族同胞弹起了“东布尔”，吹起了“墨克调”，跳起了舞姿刚健节奏轻快地“贝勒恩”。

姑娘们展示了优美俏皮的“抖肩”，小伙们展示了惟妙惟肖的“鸭步”。

各民族同胞的献演让现场沸腾。

骑兵团男战士列队表演了向上、阳刚的集体舞，构成一幅战士与钢枪的魔幻现实。

干部战士转场了，他们来到团部地窝子会议室，正中间桌子上放着一个方形的木箱子。

男兵、女兵分别坐在两边，气氛严肃。

徐祖雄：“同志们，我知道这一时刻，大家已经等待很久了。现在，我们欢迎直属连连长王喜凤来主持下面的活动。”说罢，带头鼓掌。

战士们起劲鼓掌，气氛有了放松。

王喜凤走上台前：“同志们好。规则早已‘安民告示’，想必大家已经知晓。干部战士一视同仁。男女双方牵手，向大家鞠三躬，在以后的革命生活工作中，互相帮助，互相爱护，建立感情，组建家庭。同志们，写有女兵名字的‘阄’吴文化写好已经放到箱子里了，下面由谁第一个抓。”

战士们高呼：“徐团长，徐团长！”

吴文化抱起箱子摇了摇放下，在王喜凤身边坐下，他胸有成竹。

徐祖雄：“同志们先抓！同志们先抓！”

战士们再一次齐声欢呼：“徐团长！徐团长！”

徐祖雄：“大家静一静，我提议请全团年纪最大的，炊事班长于清海同志首先抓，怎么样？”

战士们再一次齐声欢呼：“好！”

老兵于清海听徐团长这么说，非常激动地站了起来。

大家起劲为他鼓掌。

只见于清海深深地咳了一声，借以给自己壮胆，走上台前，伸手从箱子里拿出一个叠着的纸条，递给王喜凤。

王喜凤大声念出了名字：“刘雪梅。”

刘雪梅大方出列，走到于清海面前，于清海禁不住老泪纵横。

他俩互相敬礼，向王喜凤敬礼，向大家三鞠躬表示感谢，掌声一片。

又一个老兵到台前将从箱子里拿出的纸条交给王喜凤。

王喜凤大声念道：“王美玲，金伟牵手王美玲！”

掌声，欢呼声。

王喜凤：“王平顺牵手青青！”

一对又一对战士牵手。

轮上张大力了，只见他又紧张又兴奋，先向手心哈哈气，再搓着手，哆嗦的手就是不敢放到箱子里。

肖迎春急得在下面直跺脚，大声喊：“大力，平时看你就不像个爷们，今天你能不能爷们一回。快抓呀，别磨叽了。”

受到鼓励的张大力一咬牙，将手伸进纸箱子，快速抓了一个阄交给王喜凤。

王喜凤：“李小花。”

张大力双手抱头蹲了下去：“哎呀！”

肖迎春：“哎呀妈呀，这手太臭了。”她眼泪流了下来，哽咽着。

李小花脸红红的站了起来向前台走去。

张大力只好站起身来拉住了李小花的手，眼睛望向肖迎春无比失望。

肖迎春再也崩不住了，走到前面，眼含热泪失声说道：“小花，姐平时对你挺好的吧？”

小花擦着迎春脸上的泪花：“嗯，姐，你别哭啊。”

肖迎春哭得更不成声了：“那姐求你个事呗，姐喜欢张大力，你把他让给我呗。”

李小花红着脸：“行啊！姐，我把阄放回去，等着再抓一回。”

肖迎春泪流满面："嗯，嗯，谢谢妹妹，谢谢妹妹，祝你幸福！"

肖迎春夸张的表情和声音引得大家哄堂大笑。

肖迎春跑上去牵着张大力的手，张大力也喜出望外，美的合不拢嘴。

王喜凤带头鼓掌，台下掌声雷动。

张大力和肖迎春手拉手向战友鞠躬致谢。

肖迎春说："这辈子落在你手里，算我倒霉。"

张大力拦腰扛起肖迎春，冲着邱可法示威："这下成了！"

邱可法见此状急得满脸通红，嘴里念叨着："郑招娣，郑招娣，我一定抽到你。菩萨保佑，菩萨保佑！"

王喜凤："下面，请三连长孙德旺上台抓阄。"

孙德旺走到台上，从箱子中拿出一张纸条，迫不及待地打开看。

纸条上的名字是：郑招娣。

孙德旺瞬间怔住了。

王喜凤催促他："孙连长，把阄给我呀。"

孙德旺回过神来，叠起纸条，扔回箱子："我弃权！"

台下哄的一声。

不知谁说了一句："弃权？允许弃权吗？"

战士发出疑问："啊！不会吧，能不能让给我多抓一次？"

王喜凤："好，我们尊重孙连长的决定。下面请吴文化上台抓阄。"

吴文化似乎胸有成竹，但又有些紧张，缓步走到箱子边。

解悄然紧张地看着他，紧闭双眼。

吴文化手放进箱子里摸索，其实，他作弊了。写有女兵的纸条都是他写的，他早已把写有解悄然名字的纸条放在自己的衣袖里，此时他只需要把事先藏在袖子里的纸条“抖”出来，结果一紧张，袖子里的纸条被抖掉在箱子里，他望望箱子，望望喜凤，望望悄然，吴文化满脸无奈，最后只好用手胡乱搅动箱子的纸条，猛地拿起一张递给了王喜凤。

王喜凤慢慢打开纸条念道：“解悄然，吴文化牵手解悄然。”

解悄然激动得泪流满面，跑上前来，拥抱吴文化。俩人紧紧搂抱在一起，转了好几圈，有情人终成眷属。

他俩感动在场的每一个人，手牵手红着脸向外跑出去。

又有一批男兵女兵欢喜地走出会议室。

箱子里的纸条越来越少了。

最后，箱子里剩下三个纸条。

下面请邱可法上台。

邱可法一脸严肃，正步走到箱子前，向喜凤和徐团长敬礼，回头看了一眼郑招娣，低头看箱子里面有一张纸条揉成一团，他毫不犹豫拿出来递给王喜凤。

王喜凤看着邱可法，平静打开纸条，念道：“郑招娣！邱可法牵手郑招娣！”

郑招娣站起来，眼里含着泪水，向邱可法投去深情的目光。她并没有走到台前，而是等邱可法走到她面前，她拥抱邱可法，两人转身，向王喜凤、徐团长敬礼。

不知是感叹命运，还是觉得心酸，郑招娣眼圈红了，她宽恕了自己，宽恕了曾误解她的所有人。

目送他俩离开，王喜凤望向徐祖雄："徐团长该您抓了。"

徐祖雄对她说："好，我来抓！"

王喜凤对徐祖雄说："徐团长，箱子里就两张纸条了，其中一张肯定是我的名字，您就自己念吧！"说完她走到女兵席，坐在了路华身边。

徐祖雄手伸进箱子拿了一个纸条出来，他慢慢地将纸条打开。

空气仿佛凝固了，路华更是紧紧地抓着王喜凤的手臂。

纸条上写着：路华。

徐祖雄缓缓地念道："王喜凤。"

徐祖雄念完名字，将纸条放进了自己的口袋里。

路华简直不敢相信眼前的一切，惊讶地："啊？姐！"

路华冲到箱子前，望着里面只剩下一张纸条。

郝根生冲到台前，看到箱子里只剩下一张纸条，高兴地说："路华，箱子里只有一张纸条，肯定是你，你是我的啦！"

她眼眶湿润了，掩面转身，向门外冲去，离开了。

郝根生叫着路华的名字，跟着冲了出去，王喜凤走到箱子前，将箱子里剩下的唯一一张纸条拿出来，双眼看着徐祖雄，将纸条撕碎。

第二天徐祖雄在办公室桌前看材料，全神贯注。

“报告徐团长，师里通知你去开会！”郝根生进来。

徐祖雄说：“知道了。”郝根生刚转身，徐祖雄叫住他说：“你去找件干净衣服，我换换。”

徐祖雄开会去了，这时路华来到办公室门口，“徐团长在吗？”

郝根生说：“徐团长开会去了，路华，咱们商量商量我俩的事？”

路华说：“我俩有啥事要商量？”

郝根生说：“抓阄牵手，箱子里只剩下一张纸条，那肯定是你了，我们商量当然是结婚的事。”

路华说：“我没看见写有我名字的纸条，所以，结果不算！”

郝根生说：“你说不算就不算？”

路华说：“当然，我的事，我说不算就不算，让开，我要去找徐团长。”

郝根生说：“徐团长不在，你进去不方便。”

路华说：“我帮我姐夫洗衣服，这总可以吧？”她没有理郝根生，进门后将挂在墙上的几件衣服放到了洗衣盆里，扭头朝外走。

伊犁河边，河水潺潺，黄昏斜阳将河面染上了金色。

女兵们在河边洗衣服的场面，像一幅优美的风景画，韵味十足。

路华端着洗衣盆走到河边，同其他洗衣服的女兵打完招呼，坐在一块大点的石头上，挽起袖管准备干活。在水浸泡衣服之前，按习惯掏一下口袋里的东西，她掏到了“抓阄”的纸条，她还是很好奇地想再看一遍。当打开纸条后，她的脸色陡变，傻愣了。

纸条上清楚地写着：路华。

片刻，她站起身，将衣服狠狠地摔在河边，河水溅了起来。她顾不上这一切，拿起纸条向团部飞奔。

旁边洗衣服的女兵被她的举动搞蒙了，忘了手里的活，望着她奔跑的背影。满坡羊群“咩”地一声，让开一条路。

路华不管不顾地冲进徐祖雄办公室。

路华手拿纸条，指着徐祖雄就问：“徐祖雄同志，你怎么能做这样的事？”

徐祖雄面带愧意：“路华，你还是太小。”

路华：“徐祖雄同志，请你不要用这样的语气跟我说话，在爱情的规则上，年龄不是问题，都是平等的，我问你几个问题，希望你不要撒谎。”

“问吧。”

“你喜欢我吗？”

“喜欢，因为你不仅是个好战士，还是我妻子的妹妹。”

“那你爱我吗？不仅仅因为我是一个好战士，也不是因为我是你妻子的妹妹，而是因为我，路华！一个女人。”

“路华，有些事情你慢慢会懂的。”

路华满脸热泪：“我想我现在已经懂了，因为你知道，这个结果会给你不利的影响，说徐祖雄表面官兵一致，婚配人人平等，但他徐祖雄自己抽到了年纪最小的女兵，所以，你就牺牲了你的爱，抛弃了我的爱，颠覆了你和全团男女官兵共同制定的规则，是吗？你明知道不能跟我相爱，郝根生又那么的喜欢我，你就做了一个顺水人情，将我许配给他，是吗？你拒绝我，又安排我，为了不破坏你的原则，你就给喜凤姐也定了终身，是吗？”

徐祖雄更加内疚：“路华……对不起。”

路华拿着手中的纸条愤怒地指着徐祖雄：“徐祖雄同志，你有权利拒绝我的爱，但你没有权利来安排我的爱！”

路华心情稍微平缓：“姐夫，我现在问你，你爱我吗？”

徐祖雄：“我……我……”

路华用手擦了下脸上的眼泪：“不用再说了，一切都晚了！既然你当大伙的面，宣布的是喜凤姐，对她好一点。”

看到路华委屈的模样，徐祖雄心如刀割。

8. 回归自然

纳吾热孜节是哈萨克族独有的节日，每年春分时举行，也是新年的开始。

又是一年，江南已是浓绿，伊犁河谷却还一派早春的景象。这里的早春不像南方那种星星点点，小家碧玉的样子，而是到处充满了生机，有一种勃发的生命在脚下涌动的感觉。春天积聚了一冬的力量，以种从容不迫、不可阻挡的力量散发出来。好像随着万物复苏而产生出永恒的欢乐，仿佛是一个青春少女，回到乡间充满梦想的感情世界中，她从甜梦中苏醒，虽然还在伸着懒腰，但早已是活力四射了，任何力量都无法抑制她的生长，比阳光下的成熟女人更有摄人心魄的魅力。

这是伊犁河谷最美最浪漫的时节，河谷的山坡生长着一种天山红花，属野罂粟，花色鲜红、妩媚娇艳，哈萨克族同胞叫它们“莱丽咯扎克”。此时，天山红花蕊对着蕊，手牵着手，嘴亲着嘴，憋红了脸，铆足了劲，如同青春的血液，如情谊的炽热。

难得休息一天，徐祖雄专门邀王喜凤穿越这漫山遍野的天山红花，去附近村里的玛依拉餐厅吃饭，说要好好犒劳犒劳这位被女兵们称赞的好大姐。善解人意的王喜凤决定带上路华，徐团长虽“牵手”的是自己，但她内心总有不安，总觉得自己不配，这也是喜凤聪明之处，她在伪装。她当然愿意嫁给徐团长，这么做唯一让她纠结的是，太对不住路华了，她是看着路华长大的，她俩有很深的感情，可爱情又让她俩同时爱上了同一个男人，喜凤的老道，就是从不用嘴说，而是默默地做。可路华呢，明明白白表达，小姨子为什么不能嫁给姐夫？她希望奇迹能出现，她叫来路华说：“回去打扮漂亮些，跟我去个地方。”

“上哪儿？”路华问。

“去了你就知道了。穿上最漂亮的衣服，用香皂洗洗脸，擦些雪花膏在脸上。”王喜凤特别交代。超越人性的感性，“牵手”的结果，她也是怦然心动，她知道，路华喜欢徐祖雄，但徐祖雄对路华的喜欢，是不是爱，喜凤说不好，她只是感到徐祖雄对路华的关心超出了一般的同志友谊。难道他内心情感已发生了变化？紧闭的爱已悄悄打开？在工作中她与徐祖雄配合得非常默契，很敬重这个有胆有识的团长，在他身上，她似乎看到了一个男人的全部优点，那样伟岸，那样博学，有知识，有文化，那样有担当、有魄力。

不愧是军人作风，三人准点到达玛依拉餐厅门口。

王喜凤说：“徐团长，俺把路华妹子也带来了，欢迎吗？”

徐祖雄看着阳光青春的路华连声说：“欢迎，欢迎！”他感激王喜凤处事的周到。

“牙罗米亚，牙合西莫！”（解放军，你好！），老板买买提热情迎接他们。

“牙合西莫。”徐祖雄道。

玛依拉餐厅是这位维吾尔族大叔办的，店面不大但整洁卫生，菜品种不多但风味十足。民族兄弟喜欢在这里聚餐，骑兵团的官兵们有时也会来这里热闹热闹，与各族兄弟打成一片。

今天店里人不多，徐祖雄他们与那些相识和不相识的各族兄弟一一打过招呼。徐祖雄问候了买买提大叔的生意，玛依拉餐厅有几道特色风味菜，如烤羊腿、烤羊肉串、红扒羊脸、风味羊排及拌面、手抓饭、拉条子等。徐祖雄便点了一盘过油羊肉，一份“皮辣红”是由西红柿、辣椒和皮牙子拌成的拌菜，一个馕，一份拉片子，这几样在当地再简单不过了。馕的历史很悠久，古代称“胡饼”，以面粉为主要材料，多为发酵的面，但不放碱而放少许盐，边沿略厚，中央戳有许多花纹，不仅味道好，长时同保存也不会变质。传说当年唐僧到天取经穿越沙漠戈壁时，身边带的粮食就是馕。“皮辣红”端上来了，过油羊肉端上来了，馕也来了，徐祖雄就开始吃上了。两个女人没动筷子，只是静静瞧着，路华默默地记住了这些菜名。

“你们怎么不吃？”徐祖雄好一会儿才意识到是自己一个人在吃，停了下来。

“在吃着呢。”王喜凤说。

“过油羊肉不就是俺山东的葱爆羊肉吗？”路华尝了一口。

“不一样，不一样，伊犁的羊啊，是喝伊犁河水吃伊犁草长大的，肉的味道很特别，你没吃出来？”徐祖雄说。

“嗯，是好吃，真好吃。”路华说。

徐祖雄见路华吃得那么香，给她碗里又夹了一块过油羊肉。

路华也给团长夹了一筷子拌菜，还笑话他嘴角流油的样子。

王喜凤欣喜地看着他俩，把自己的手帕从餐桌下边悄悄递给路华，示意她给徐团长。

徐祖雄有点不好意思地接过路华递上的手帕，揩着嘴，那动作又回到西餐的规范了，王喜凤和路华都不曾见识过这样文雅的餐桌礼仪，尽管徐团长只是习惯性的动作。看得路华都安静了下来。

接着买买提大叔端上了“拉片子”，这是类似面条的一种主食，把面和好，拉成两公分宽，长长薄薄的，然后用手将面一片片扔进滚开的水中煮熟，拌上西红柿、大白菜做成的汤菜。一人一碗，午饭就完成了。

“热合买提！”（谢谢）“好西！”（再见）徐团长用维语向买买提大叔和店里的各族同胞一一道别，三人出了玛依拉餐厅。

王喜凤有女人的自信，感情是慢慢建立起来的，是你的跑不掉，不是你的也求不来。她明白，徐祖雄当众宣布牵手的是自己，起码是深思熟虑、迫不得已的选择，自己的大度，或许更能打动这个成熟的男人，她借故有事先回团里，“团长，带路华到伊犁河谷转转吧。”

路华十分高兴。“多好的姐啊。”路华心里说，她又深情地看着徐祖雄，似乎在等待他的回答。

“行！”徐祖雄爽快地响应。

在伊犁河谷，有许多地方可去，因为偏远，一切那么原始。徐祖雄和路华漫步在青春血燃烧般的草场之中，在红艳艳的天山红花映衬下，路华如低眉颔首的少女，那份美丽依旧是阳光、纯洁。路华主动拉着徐祖雄的手，这一次徐祖雄没有拒绝，宽厚的手把路华攥得紧紧的。路华仰慕徐祖雄，把他视为心中的英雄。但她又发现，徐祖雄的内心却是那么孤独，她反复告诉自己，要用情安抚他的孤独，打开他心中紧闭的情感。一个女人，一旦发现自己喜欢的男人内心的孤独，她就难以自拔了。

走累了，徐祖雄和路华背靠背坐在草地上，望着河谷。徐祖雄努力淡定得像笔直矗立的雪岭云杉，这些云杉挺拔、坚定，任凭狂风暴雪也毫不动摇。但徐祖雄发现自己此刻很难不心动、不陶醉。天山红花花期很短，但现在却开得如此热烈、如此情不自禁、如此干脆淋漓、如此烂漫单纯、如此漂亮美丽。

伊犁河谷真是天底下最美的绿谷，四季花开，油彩般的雪岭云杉承载着季节的变化，五颜六色，映衬绿绿的河谷那么自然原始，散发着沉淀后的生命乐章。新疆真是个好地方！

在这样的美景与氛围当中，路华的心更是快要跳出来了，她有些唐突地说：“团长，你能讲讲你和我的姐姐吗？”其实，路华上次就问过徐祖雄和她姐姐的故事，她反复问，证明她心中放不下。

徐祖雄理解路华又一次提到她的姐姐，于是他向路华再次讲述了和路沂在苏联留学的故事，讲述苏联的卫国战争，讲述孟良崮战斗。他坦然地告诉路华，他和她的姐姐路沂曾有一段非常美好的爱情，可惜，战争没让他的爱情延续。

又一次听着徐团长述说的一切，路华再次感动了，她明白了，徐祖雄为什么内心会孤独。她知道自己的姐姐是位漂亮、美丽、温柔、善良，又是那么镇定、从容的女人。她羡慕姐姐，“只有拥有过这样的爱，一生才值。”路华的心有了安稳，有了归属。

徐祖雄诚真的表述，是那样的直白，他俩都沉默了。

突然，前方奔跑出几只马鹿，这是一种仅次于驼鹿的大型鹿类，因为体型似骏马而得名。赤褐色，背面较深，腹面较浅。它们划破了河谷的宁静。

路华心如鹿撞。徐祖雄拉着路华站起来，说：“走吧！咱们到森林边走走。”

前面一大片森林生长的都是雪岭云杉。徐祖雄告诉路华，“听这里的人说，秋天是它最美的时候。那时候峰连着峰，岭续着岭，蜿蜒而去。崇山峻岭密林深处，是野生动物们的乐园。你能看到这些马鹿，还有北山羊、猞猁、棕熊、雪鸡，还有上空飞翔的金雕、苍鹰、草原雕。冬天你可要小心了，因为常有雪豹出没，它前掌比较发达，头小而圆，尾粗长，小心它们吃了你。”徐祖雄故意逗着路华。

路华乖乖地听着徐祖雄说的话，深情地望着他。徐祖雄儒雅的风度、丰富的谈吐，让路华感到幸福快乐。

路华盯着徐祖雄的眼睛，“遇上你，让我的生命出现了奇迹，祖雄，让我们做自己幸福的设计师，创造属于我们的生活，好吗？”

“前世的五百次回眸，才换回今生一次的擦肩而过。”徐祖雄脱口而出一句充满禅意的话。

生命的缘，寓于相逢、寓于相知。在伊犁河的深峡与阔谷中，在天山红花和雪岭云杉的如画交错中，

森林寓于雪山，草原寓于河流，清泉寓于奇岩，野花寓于蜂蝶。徐祖雄和路华不经意间已经紧紧地依靠在一起，浪漫、和谐、圣洁，双眼久久凝望。

无论春夏秋冬，这都是一个让人沉思的地方、一个令人展望的地方。

此刻，徐祖雄想起唐朝宋之问的《苑中遇雪应制》：

紫禁仙舆诘旦来，
青旗遥倚望春台。
不知庭散今朝落
疑是林花昨夜开。

他对路华说：“新疆需要我们，祖国需要我们。建设、保卫新疆是我们的责任，而美丽的新疆，更需要我们用心去呵护！雪岭云杉，其雄壮之势，震撼人心，挺拔、伟岸、整齐排列在一起，是山的云

杉、水的云杉、天马的云杉、雄鹰的云彩。”

“祖雄！”路华陶醉了，深情地叫了一声。

“路华！”徐祖雄沉浸在大自然之中，轻轻地应了一声。

随后，他俩牵手又来到伊犁河边，望着河水淌流，沉默良久，徐祖雄开口问：“你知道林则徐吗？”

“来新疆路上听喜凤姐讲过，喜凤姐说他很了不起，把英国鬼子贩来的鸦片烟给烧了。”

徐祖雄说：“你喜凤姐说的对！正因这样，腐败的清朝把林则徐的官免了，将他流放到了新疆伊犁，这片土地，也是林则徐来过的地方。”他告诉路华，在附近的赛里木湖，当地人曾给林则徐讲湖里有一种神物叫青羊，“不可见，见则雨雹”在果子沟，林则徐引用随带的一本《万里行程记》说“此处为奇绝仙境，如人万花谷中”，“二十余里中步步引人入胜”。

“这些，都是我们现在身处的地方。”徐祖雄继续说，“在伊犁，林则徐把新疆的屯垦戍边推向了一个新的阶段。伊犁河北岸有十万余亩荒地，要开垦出来唯一的办法就是挖一条大灌渠，工程浩大。林则徐提出应该‘分段承修’，还主动捐资承修了最艰难的龙口首段，这条渠后来又叫‘林公渠’。他没有辜负这片神奇，美好的大地。流放伊犁途中他写过两句诗——‘苟利国家生死以，岂因祸福避趋之’。你看林则徐说得多好啊！”

“回去你给我把这句话写上，我要挂在‘地窝子’里。”

路华向徐祖雄央求着。

徐祖雄点点头，“好！我给你抄录一幅。但希望你能理解我，理解我的苦心。目前，这里生活条件虽然艰苦，只要对国家有利，即使牺牲自己生命也心甘情愿，绝不会因为自己可能要受到祸害而躲开。我们要珍惜这片土地，珍惜生命。你可不能像上次那样，残匪来了，怎么就站起来呢？要学会保护自己。”

“嗯！”路华靠在徐祖雄肩上，微微闭上了眼睛，心里弥漫着满足，感受着融融气氛。徐祖雄感到了路华的体温，闻到了路华散发出的少女芬芳的气息。

天快黑了，他们返回了团里。分手后，路华心情愉快，步履轻盈，好像脚上长出了翅膀，有飘飘欲仙的感觉。她径直走到王喜凤房间，这一天，对路华来说，真是难忘的一天，太幸福，仿佛一下子长大了。

她想向喜凤姐倾诉，她想告诉喜凤姐，在雪岭云杉下，徐祖雄告诉她，希望能理解他的苦心，理解需要时间，她可以等，等待她能取代路沂在徐祖雄心中的位置，路华没有一点虚伪。兴奋的她手脚不知怎么放，女人啊，真爱上了一个男人，会痴迷的，而路华已经这样了。

看到路华红红的兴奋的脸蛋，王喜凤已经明白了这个姑娘的心事了。喜凤由衷地为路华高兴，但凭她的直感，路华是徐祖雄的小姨子，仅世俗这一关，徐祖雄过不去，如果他俩真爱，那也是命，只能说路华是幸福的。她九泉下的父母，不知会多安心呢！还有她那已经牺牲的姐姐，要是知道了又会怎样为妹妹庆贺。喜凤这么想着，把路华搂进自己的怀里。路华望着贴心的喜凤大姐，也不禁感叹道，“姐，为什么你总是这么漂亮呢？”

王喜凤倒有些不好意思了，说：“其实，美丽源于内心的自信和愉悦。”

“嗯。”路华明白了。

“多幸福的女孩儿啊！要是你亲姐姐此刻也在身边，那会有多好啊！”王喜凤想。

9. 我爱边疆

骑兵团驻扎在伊犁河谷的沿线，河谷，峡谷，一流的天然草场，风景秀美。

休息时，战士们喜欢到伊犁草原释放情怀。草原就像是五彩织成的地毯，绿底银边花带，在蓝天映衬下显得尤为华丽。无垠的草原上散落分布着雪白的毡房，雪峰、绿草交相辉映，构成了一幅美丽的画卷。

哈萨克族是真正意义的马背上的民族，他们每年在春秋两季的牧场上有两次大的迁徙，其场面壮观无比。牲畜迁徙转场时，当地的哈萨克牧人都会在丰美的牧场上举行盛大的“转场”仪式，而阿肯弹唱则是必不可少的节目，它古老而动人。

巴拉斯提大叔的女儿玛丽娜和赛丽曼上次没有参加骑兵团的“牵手”活动，她俩觉得十分遗憾，这次她俩提出来一次“姑娘追”。“姑娘追”，哈萨克语叫“克孜库瓦尔”，游戏中，男女成双结对，骑马前往指定地点，去的时候，小伙子可以向姑娘随意逗笑取乐，怎么都不为过。到达指定地点后，小伙子骑马在前面往回狂跑，姑娘纵马在后面猛追，如果姑娘无情，小伙子就要挨鞭子，怎么抽打都不许还手；如果有意，鞭子晃来晃去，偏不落下。邱可法勇敢站出来，接受邀请，他向郑招娣示意，他要参加比赛。因为他的马术，在骑兵团仅次于团长徐祖雄。哈萨克族在迁徙转场前夕，能见“姑娘追”的盛况，像过节一样热闹。

按照习俗，邱可法和玛丽娜、赛丽曼并排向前，到了预设位置，在大家的欢呼声中，邱可法扬鞭催马，玛丽娜开始了“姑娘追”，可她怎么也追不上他。第二次，大家的欢呼声更响亮，赛丽曼依然没追上他。骑马是邱可法的强项，“姑娘追”成了邱可法一个人的表演，他想露一脸给郑招娣看看。邱可法仿佛到了战场，仿佛是在冲锋，两个哈萨克姑娘没有追上他，自幼善于骑术的玛丽娜和赛丽曼很不服气。邱可法露出了自豪，露出了骑兵团的骄傲，他从马上下来，手一挥，两个战士骑上战马奔驰而去，这一次，玛丽娜和赛丽曼很快就追上了他们，然而她俩手中的鞭子晃来晃去，始终没有落下。民俗表演结束，玛丽娜和赛丽曼拉着战士的手向巴拉斯提大叔走去，洋溢着幸福。巴拉斯提大叔开心地笑了，俩女儿开心地笑了。

吴文化自“牵手”解悄然后，进展并不顺利。解悄然是十分庆幸能与吴文化“牵手”的，解悄然文静、贤淑，眉清目秀，浓浓的湘音，十分惹人喜爱。只是最近越来越沉默，心扉的那扇窗总是难以打开。吴文化是个老战士，战场上立下许多战功，曾在延安“鲁艺”学习，毕业却要求下连队，成为基层文化骨干。他随徐团长继扶眉战役之后，攻克兰州、攻克酒泉、直叩新疆，他表现英勇，率文化小分队始终活跃在部队的第一线。骑兵团进驻伊犁，他在团宣传队当队长，垦荒的那段时间里，也是团里的模范，那会儿，解悄然就想告诉他，她真的喜欢上他了，她喜爱这男人的才华、正直。可是解悄然心里有结，一个不解的心结……来新疆之前，在湘江边她曾牵手过一个男人。正当她等待幸福到来的时候，突发事件改变了她的人生。她是那样无助！得知新疆军区到湖南招收女兵的消息后，她积极报名参加，全然不顾家人反对，只有她自己明白，她一定要去新疆。

16 岁那年，解悄然在长沙读高中，租居在一个小院里，小院里的木芙蓉长得如火如荼。小院还租住着一位在报馆做编辑的年轻人。清晨，她去上学，他去上班，朝着石板巷子的两头走去，背影对着背影。

最初，她喊他先生，毕恭毕敬地。他喊她悄然同学。

有一天，女学生不由自主地往后看了一眼，意外地看到了一双凝目相送，深情依依的眼睛。于是她好几天耳热心跳，不敢抬头，不敢说话，读不进书，也睡不好觉。

黄昏，借着木芙蓉斑驳的阴影，他激动地唤她一声：“悄然。”她甜甜怯怯地回一声：“边江老师。”年轻人叫边江，从苏州的东吴大学毕业回长沙的。

每个假期，悄然的父母都专程赶来长沙接她回家，开学后，再送她回来。

走了，来了。又走了，又来了。在长沙，悄然在这来来走走中褪去了稚气，边江在这来来走走中积蓄着深情。

春阳下，悄然不再羞怯，脸像一轮满月，目如两汪深潭，只有18岁，似乎有点早熟，她是女学生，有女学生的追求，似乎不该有这么清醒无畏的情爱。

悄然性格的另一面，是典型的湖南妹子。执意报名参军进疆，虽有难以讲述的秘密，但也是她性格使然。

来到骑兵团，成为一名光荣的女战士，她被骑兵团团结活泼的朝气生活感染，牵手吴文化后，她真的为他的真诚而感动。她知道，他在战场上是硬汉，在垦荒中是硬汉，作为宣传队长，又是那么有才气，牵手后的吴文化爱上了她，爱她的程度超过了她的想象，超过了很多很多。悄然知道，自己也喜欢上了吴文化，那不解的心结呢？她矛盾极了。她曾找到王喜凤，诉说内心的困惑，告诉喜凤，她曾牵手边江，“顺其自然”这是王喜凤告诉她的。她怨自己，为什么不把隐情和心结向喜凤姐和盘托出呢？她选择了沉默，她知道自己是在逃避，她难忘那一天，吴文化全部劲使在了垦荒的坎土曼上，她用石头打磨着坎土曼，她心疼这个男人，递给他白开水，他总是一口喝下，他表现着自己，她泪水含在眼里。吴文化知道，悄然感觉是敏锐的，她从不主动与任何人打招呼，但心灵之水是纯净的。正因如此，吴文化要求自己一切情绪无论是愉快的或者是愁苦的，必须多加思考，从中去求饱尝，从中去求微醉，即便是最感人或者最伤心的不悦也是这样。

悄然第一次答应吴文化约会邀请，他俩选择在伊犁河边漫步。

“悄然，我们不是‘牵手’了吗？你为什么总是躲着我？”吴文化问。

“我最近身体不舒服。”悄然答。

“我陪你看病呀！”

“不，我不喜欢打针吃药！”

“上次我帮你干活，你为什么要拒绝？”吴文化又问。

“我是女兵！”悄然坚定地回答。

吴文化接着说：“我是名老战士，虽从农村来，但在这个革命熔炉里也经受了各种考验，希望你能接受我，我做得不对的地方，你可多批评，我一定改。”

悄然说：“文化，我很敬佩你，你对人诚恳，但我最近心里特别乱，注意力集中不起来，所以我想，我们先‘分手’，给我一点时间，好吗？”

“为什么？！”吴文化急了。

悄然说：“真的对不起！完全是我个人原因。”

悄然流泪了，飞快离开了吴文化，回到房间里，脑海里情不自禁地又开始了她那段难忘的回忆。

新中国成立前夕，在湖南长沙，有家私立报馆《大刚报》。临近解放，时局动荡不安，报馆濒于倒闭的边缘，报馆老板却想着乱世中独树一帜，起用年轻又有才华且思想进步的边江任总编辑。

边江明白，要讲真话！当记者的经历告诉他，要多呼吁民主、民权、民生，关注局势，客观报道局势变化，办好副刊。

毕业后的悄然来到报馆，做实习编辑。

报纸发行量果然合了老板的意，一日比一日多。而报纸的内容也合了边江的意，揭露腐败，反映民生，呼吁进步。红红火火的热烈。《大刚报》改版复出，没几日，在长沙便尽人皆知。

报馆被封了，编辑们被抓了，国民党当局，在解放军的轰轰炮声中，还是迫不及待动手了。巧的是那天，边江突然高烧，昏迷不醒，是悄然送他去的医院，一整夜，都在医院，第二天才知道这个消息。

边江走了，但很快又回来了，当他一身军装，出现在悄然面前时。他说他参军了，就要南下。

他俩牵手来到湘江边，憧憬着全中国解放的美好未来。

几个月后，悄然突然听说边江被抓了，已经送去劳动改造，据说可能是新疆，罪名是“叛徒”，理由是:“出卖了同事。”那夜，为什么编辑们都被抓了，总编辑却没被抓？中华人民共和国成立后几个编辑联名告他。“天啊！”悄然掩面而泣，无语，她知道，边江是冤枉的。她有责任找到他，悄然懂，正直是道德的底线，她也许不懂男人，但她懂得如何去爱男人！

参军进疆后，悄然多方寻找，四处打听，很长一段时间了，仍杳无音信，悄然真的有些绝望了。

这一次，悄然向王喜凤祖露了心结，心结不了，心里难受。她详细讲述了和边江的相识，详细讲述了她在医院守候边江看病的情况，那真是段很漫长很深刻的回忆。“边江无罪。”王喜凤相信悄然讲述的一切，支持她拿出勇气替边江申诉，也支持她接受吴文化，那是个优秀的男人。

吴文化要去伊宁市，参加宣传座谈会。清晨，吴文化赶着马车，带上悄然和另几个宣传队员扬鞭上了去伊宁的大路。同行共有两辆马车。

马儿跑得很欢，自向喜凤姐汇报思想后，悄然心情好多了。见悄然笑脸多了，吴文化心里高兴。他问悄然：“知道伊宁市的来历吗？”

悄然答：“不知道。”

伊宁是一座美丽的边陲重镇，清乾隆二十七年开始建筑城郭，并定名“宁远”。光绪十四年改成宁远县，1914 年改名为伊宁县，前不久呀，伊宁县划出一部分，成立了伊宁市。吴文化很自豪，他能说清伊宁的历史。

悄然被吴文化的知识折服了。和吴文化在一起，悄然感到很愉快。

吴文化接着说：“这里以哈萨克民族为主，哈萨克族淳朴真诚，热情好客。知道吗？哈萨克族有一句俗语‘祖先遗产中的一部分是留给客人的’，所以，哈萨克族在接待客人时，连自己也舍不得吃的东西，也要拿出来款待客人。”

不愧在王震将军身边工作过，难怪徐团长总喜欢把艰巨的任务交给他，悄然喜欢有文化的男人，特别是爱学习、有追求的男人。

一阵强烈的颠簸和摇晃，打断了吴文化的说话，也打断了悄然的思路，她看了看路旁的山野。突然，她大喊了一声“停车！”

马车停了下来，悄然跳下车，向路边田野飞奔：“边江！”

边江就在路边劳动，见到悄然，非常惊讶：“你怎么到这里了？！”

“我参军从湖南到这，就在不远的骑兵团。”

“我不告诉你了吗！边江死了，边江在地球上消失了！”

“不，你是无辜的！”

不远的地方有解放军战士站岗，正欲阻拦，被吴文化一把找住了，“让他们待一会吧。”虽然吴文化不知道发生了什么，但看得出他们曾相识，曾要好。

“边江，我已经收集到好多证明材料，你无罪，我要替你申诉，你也要申诉，我们一起努力！”悄然大声说。

“知道了。”边江低沉回答。

“我就在骑兵团，会常来看你的！”临上车了，悄然撂下这句话。

边江看着马车，解放军战士看着马车，悄然坐在马车上，还有那赶车的人，悄然泪水已经告诉吴文化，悄然最近情绪上的变化，与刚才巧遇的男人有关，故事、曲折的故事，感情、复杂的感情，人生、摔摔打打的人生。

“湖南妹子就这么多情，就这么执着。”吴文化心里想。

“悄然，有什么需要我做的，或者需要我帮忙的，只管说。”吴文化安慰她说。

吴文化的真诚打动了悄然。“嗯……”悄然的泪花告诉吴文化，她心里有纠结，有委屈。委屈和纠结是她和边江之间的故事……

两匹快马奔驰在草原上，站在旁边观看的郑招娣、肖迎春蹦跳地鼓掌，“加油！加油！……”

邱可法、张大力骑在飞奔的马上，似竞赛？不，他俩利用周末时间，教招娣、迎春骑马来了。

“爹……”一个五六岁的小女孩飞跑地向挎着大刀的张大力奔来。

刚从马背上下来，双手接过迎春递来的凉白开，还未喝上一口水的大力，被小女孩紧紧抱住了一只腿。

张大力愣住了。

邱可法、招娣、迎春同时回头，不远处站着一位年轻的少妇。期待、渴望，眼里似乎还有泪水。

迎春蹲下，抚摸小女孩的头，然后站起来吼道：“张大力，怎么回事？”

张大力一脸茫然，“不知道呀！”

迎春怒斥：“装什么糊涂？你今天必须说清楚！”

张大力轻声问小女孩：“你找谁？”

小女孩说：“我找我爹！”

张大力说：“谁是你爹？”

小女孩说：“你呀，挎大刀的叔呀！”

张大力双脚直跺，眼光落在迎春脸上，大家也是看看大力，看看小女孩，最后不约而同，把目光落在少妇的身上。

少妇的泪水还挂在脸上，“孩他爹，你不认咱娘儿俩？”

“我？……”

迎春一把揪住大力的衣领，“跟我过来，怎么回事？”

张大力结巴地说：“我……我不知道呀！”

迎春一巴掌打在大力的脸上，“混账，不承认？”

大力一只手捂住脸，“我，我承认什么呀！”

迎春向少妇走出：“姐，别怕，慢慢说，我给你做主。”

迎春的态度让少妇有点紧张，但仍一口咬定：“也没什么，那挎刀的就是孩子他爹。”

迎春压住万丈怒火：“你从老家来？”

少妇点点头，“嗯……”

迎春说：“那我听着你俩口音好像不是……”边说还瞅着少妇。

张大力冲向少妇，“我什么时候成了孩他爹？”

少妇咬定：“刚才娃不是叫你爹了吗？”

“你的娃对谁叫爹，谁就是他爹了？”张大力哭笑不得，满脸无奈，迎春满脸无奈，招娣、邱可法满脸无奈。

少妇的泪水刷地夺眶而出，“我带着娃，从老家找她爹来了，三年前，就听说他随大部队进疆，到乌鲁木齐才知道，娃他爹在部队攻克酒泉的那次战斗中，已经牺牲了。一位好心的家乡人告诉我，现在的新疆缺的是女人，别回老家，去找一位年龄大点的男人，最好找一位陕北的，他们背上喜欢挎上一把大刀，他们憨厚、老实、可靠，一定会收留你的，这不，我带着娃就来了吗？”

迎春听说少妇的讲述，泪水也出来了。

张大力在一旁说：“那也不能让娃儿叫我爹呀！”

少妇轻声，“对不起，谁让你挎大刀呢？”

张大力还想申辩，迎春说：“大力，快把我给你准备的午饭拿过来，给她娘儿俩吃……”

小女孩大口吃着馒头，少妇突然跪在迎春面前，“姐，恩人哪！”

迎春扶起少妇，连连摇头说：“不敢当，不敢当，都是兄弟姐妹。”回头对招娣和邱可法说：“我们赶紧回去找喜凤姐讲明情况，向徐团长汇报。留下娘俩，咱慢慢帮她找个好人家，组建新的家庭。”

10. 抢救战友

“连长，不好了……”这天，卫生员程瑾啪的一声推开王喜凤的房门，上气不接下气地说着。

“什么事？”王喜凤急切地问程瑾。

“方芳大姐难产，生命垂危，目前，已送到团卫生所了。”程瑾十分着急。

喜凤知道，方芳几个月前挺着大肚子随老排长杨自强从湖北老家迁来，是团里办的第一个随迁家属。

“我这就赶去，你快去通知徐团长。”喜凤说罢，急速出门。

程瑾看着王喜凤的身影，掉头向徐祖雄屋里赶去。

牧区发生疫情，团里组织卫生队去牧区巡诊，帮助各民族同胞防病治病，改善生活卫生条件。本来留下了一位值班医生，却因为湖边村落的哈尼古丽要生产，接到报告她就赶去了，没想到方芳又突出险情。

徐团长赶到团卫生所，和兽医钱汉旺撞了个满怀，“钱汉旺，你懂接生不？”徐团长急切地问。

“懂。”钱汉旺迷惑地回答着，不明白为什么团长这么问。

“那就跟我走。”

两人飞也似的赶到病房，钱汉旺才明白闹了误会，无奈中泛着愕然。

“什么，是人呀，这我可不懂啊。”

“刚才说懂，这是怎么啦？”团长吼了开来。

“团长，你知道的，我是个兽医，刚才我以为是为牛、马什么的接生呢。谁知道是方芳啊。”钱汉旺颤着声音说。

“扯淡。”邱可法骂了一句，“快，别啰啰嗦嗦，按团长的指示办。”

“我没给人接生过，对不起！”看见团长心急，钱汉旺眼泪快掉下来了。

方芳疼得已昏过去，面无颜色，痛苦得连呻吟的气力都没有了，连土炕都渗着血色。

“团长，我们还是快点把方芳送到师部医院去吧。”见情况危急，在一旁为方芳护产的王喜凤说。

徐团长觉得有道理，说：“钱汉旺，你快去拿担架来。”

“好。”钱汉旺说完，便风一样跑了出去。不一会儿，他拿了一副担架回来。

“钱汉旺、王平顺、张大力，咱们抬着她抄小路去医院，再多跟上几位身强力壮的同志途中换手。通讯员！你给师部医院去个电话，请求他们派上医护和汽车往这边赶，与我们中途会合，节省时间。”

说完，徐祖雄一个健步，与杨自强一起轻轻将方芳抬上钱汉旺拿来的担架，大家一拥而上，抬起方芳往师部医院方向小跑而去。

这是生命的接力，是爱的传递，得知消息的民族兄弟也赶来参加生命的赛跑，跑出了一道民族团结亮丽的风景线……

这是一条崎岖的羊肠小道。徐团长和他的官兵们稳稳地抬着全团的希望，气喘吁吁地小跑着，大家都跟在后面跑，看哪位累了，随时替换，不让担架有半刻停歇。这抬的可是骑兵团进驻伊犁后即将诞生的第一个孩子，方芳也即将成为团里的第一位"军垦母亲"！徐团长果敢指挥、身先士卒，路华心里油然升起了一股敬佩，她也跟着王喜凤和程瑾冲了上去，在担架两侧护着，不让担架太颠簸。路很不平，路华跟在人高马大的徐团长后面，被挡住了视线，看不见前面的路。一个不小心，"啊！"的一声，崴到了脚，一个踉跄差点摔倒，下意识地扶了一下前面的徐祖雄，好在没倒，继续忍着痛跟着跑。

"怎么了？"徐祖雄急切地问着，头来不及回，脚也没有停。

"没事！"路华倔强地答道，一瘸一拐，却依然扶着担架，继续跟着。

王喜凤看着，不忍心，便问："妹子，你行吗，要不别去了？"

"没事！"大伙急急忙忙护送着担架往前赶，路华受伤的脚又踢到路边石头，哎呀一声便栽了下去。

后面的人赶紧将路华扶起来，有人抢上去扶住担架继续前进。

"你这个妹子，人家叫你别来，非跟着，现在帮倒忙了吧。"邱可法唠叨了一句，此刻他已换手抬上了担架。

“路华心急，还不是为了方芳的安全。”王喜凤帮路华解释了一句。

路华捂着脚踝想要哭，很明显她的脚是崴跛了。但路华顾不上自己的脚，也不让人扶着，一步一步往前挪全然不见了平日的娇弱。

徐祖雄赞赏路华的精神，可现在他却顾不上她的伤了。担架在疾步前行，一刻也没有停留。上坡时，徐祖雄换到后面，下坡时，徐祖雄换到前面。徐祖雄满身大汗，别人都换了几轮了，徐祖雄却始终不许人家换下他。

邱可法冲到前面，硬换下徐祖雄，“团长，你去管管路华吧！”邱可法的话让徐祖雄犹豫了一下，但现在大伙儿都在跟跑着，他可以放一放手了。于是徐祖雄停下来，拉着路华指着一块大石头说，“坐下，我看看你的脚！”

路华坐下慢慢抬起脚，放在徐祖雄手上，脚已红肿，徐祖雄命令说：“我背你，继续前进！”路华含着泪望着徐祖雄，顺从地趴到徐祖雄背上。

此时，路华的汗水已浸湿了衣裳。她趴在徐祖雄背上，双手抱住徐祖雄的脖子，她已经闻到徐祖雄那很醇、很浓的男人味，她感到那男人带给她前所未有的温暖，她撒娇了。真是奇怪，人与人之间，有时相处三年不如一日，有时相处一日胜三年。

一路上，抬担架的队伍也在不断壮大，沿途的各民族兄弟听说了这事后，也放下手中的活，加入到队伍中，希望能做点什么，有的边跑边喃喃自语，维语、哈萨克语、蒙古语，用各自民族的语言为方芳母子祈福，汇成了一曲各民族团结的颂歌。

师里派来的车终于与他们会合了，是不平的道路让汽车晚了点，可是，以徐祖雄为首的担架队却赢得了时间。

随车的医护人员立即给方芳做了必要的处理，一到师部医院，方芳就被推进了准备好的产房。大家在外面焦急地等候，你看着我，我看着你，都没有说话，仿佛是怕影响了医生和产妇。这一路的辛苦转化成漫长的等待，时间怎么就停止了呢?

突然，一声啼哭声由产房传出来。

“乌拉！”第一声“万岁”竟然是徐团长用俄语喊出来的，大家看苏联电影早已熟悉了这样的欢呼。“我们骑兵团有第二代了！”他一下子抱住了身边的路华，抱得那样的紧，让路华几乎喘不过气来。

大家一片欢腾，抱成一团。

路华很激动地抱着祖雄，一路忍了很久的泪水，这才哗哗地流了下来。

徐团长轻轻拍拍她的后背，安慰道:“别哭，别哭。”然后与王喜凤一道，向产房出来的医护人员询问、致谢，又向人群中的各民族兄弟一一道谢。

王喜凤代表大家进了产房，徐团长则继续问候着各民族兄弟的近况，与他们约定孩子满月时在玛依拉餐厅，一同庆贺军垦第二代的诞生。

没多久，泪眼朦胧的路华发现徐祖雄不见了。她用目光焦急地四处搜寻，远远地只见徐祖雄抱着一堆药向她跑来……

路华觉得自己心都跳到嗓子眼了，徐团长的疼爱让她难以自拔。

从师里回来，已是晚上十点多钟。无法平静的徐祖雄又一次坐在昏暗的麻油灯前，想把发生的人和事记下来，写成永远也寄不出去的信，与远在天国的路沂交流，向她倾诉。

“徐团长，写什么呀？这么入神。”路华突然推门进来。

“没什么，习惯而已。”徐祖雄很意外，急忙收起信纸，转过脸来，四目相视，路华脸上迅即泛起团红润。

“脚还没好，就到处乱跑，要注意休息。”徐祖雄关切地责怪着。

“没事，脚还能动，我这是专程来谢你！”她知道，尘世间，有许多事是要用心去珍惜的，别失去它，别后悔。

“谢我什么？”徐祖雄感到路华长大了，成熟了。

“你看我脚上的药！”路华有点撒娇地说，将自己受伤的右脚抬起。

“我说你呀，如果能够像你姐那样，就不会弄成今天这样。”徐祖雄很心疼，又有点责备。

“我姐，我姐？”路华愣然，连问两遍。

“不，不，不，我说的是你的喜凤姐。”

路华想着徐团长一定还有重要的公务要办，革命工作永远是他第一位的。她看见团长的办公桌上正摊着一本翻旧的书,《大众哲学》，她记住了这个书名！也记住了作者有些奇怪的姓名——艾思奇，是爱思考奇迹？还是爱，思考起来真像个奇迹呢？

屋外，伊犁河依然奔流不息，河谷的一切，生机勃勃，似乎一半是风景，一半是心绪。

在人们心与心相约的伊犁河谷，第一个宝宝的诞生，大大鼓舞了全团官兵。这宝宝成为大家的开心果、凝固剂。

王喜凤于细微之处关爱着每一个女兵，希望她们安居乐业，她明白女兵们毕竟离家太久，边疆艰苦的生活，还是让她们中相当一部分人的情绪产生了波动，仅仅是想家还好做思想工作，多组织些活动就行。而组建家庭，也是她最大牵挂。这点，喜凤特别感谢吴文化。作为团宣传队长，他做了大量工作。文艺小分队、黑板报、宣传单、每周一歌，吴文化每天忙碌着。男女战士们牵手了，结成了一帮一对子，感情上悄悄变化，情绪上也发生许多变化。牵手有成功的，感情发展很快；也有不成功的，男女双方又重新换位牵手。邱可法牵手郑招娣后，就完全变了一个人，从过去大大咧咧，满嘴粗话，到现在他知道用心体贴人。以前他对团长从来只叫“雄哥”，别人跟着他叫“雄哥”，他还骂人。现在不同，他也叫“徐团长”了。王喜凤看在眼里，喜在心上。郑招娣这个上海女人还真是心底细腻、意志坚强。她改造了一个男人，一个性格上粗狂肆意的男人，一个敢作敢为，无所畏惧的男人。但有些战士、有些姑娘却一直为感情苦恼，需要给他们更多的关心爱护，更多的帮助开导。王喜凤觉得要做的事还很多，自己肩上的担子很重。

到新疆，到伊犁，到骑兵团王喜凤没有后悔过，唯一的是牵挂临沂的母亲，她也是那么无助。她甚至怀疑，自己是不是自私，是不是该回一趟老家了。女兵们通过牵手一帮一对子已经形成，缘分吗，总能慢慢找到，感情总会有的，生活会给这些男女战士们很多的回馈，因为他们值得这样的回馈。军垦母亲会越来越多，第二代会越来越多，伊犁河谷的建设会越来越美好。

可是，一想到家中的母亲，老人家是多么需要她在身边好好照顾啊！母亲为了那些革命后代已经操劳很久了。沂蒙老区的人民拥军支前英勇奋斗，谱写了一曲又一曲的英雄赞歌。孟良崮战役王喜凤一家三口都参战了，丈夫被飞机炸死连尸首也没找到。王喜凤组织姐妹们摊煎饼、做军鞋、洗军衣、冒着炮火担水送饭，运送军马草料和弹药，救护伤员。这些革命老区的姐妹们以自己柔弱的肩膀和脚板，与当兵打仗的好男儿共同担起打倒蒋介石，解放全中国的重任。母亲不容易啊，为前线浴血奋战的同志们解除后顾之忧，甚至救护了好几位与部队失去联系的伤病员。现在，革命胜利了，共和国建立了，母亲还在继续操劳，王喜凤觉得自己真的不是一个好女儿，她越思越痛，无数往事在脑海里纠结、翻腾，她伏在桌上很压抑地抽泣起来……

恰在此时，河边传来了冬不拉的声音，那一定是吴文化了。此时，吴文化和解悄然正在一起，把他最近创作了一首叫《牵挂》的曲子，弹奏给她听，希望解悄然提出意见，用女人细腻的情感足以把《牵挂》润色得更美。悄然笑着说，自己虽说是个女人，拿斧头砍大树可以，砍谱子真不行。正在房间的喜凤听到了吴文化弹奏声。这冬不拉诉说着无尽的思念，把思念又变成了无尽的牵挂，高徊低转。喜凤知道，屋外的弹奏的冬不拉一定就是《牵挂》，她听吴文化说过要创作一首《牵挂》。

牵挂，思念，思念，牵挂……

喜凤推门出了“干打垒”，静静地伫立在伊犁河边。牵挂也许是男人对女人最好的表达，想怎么牵挂，就怎么牵挂。而对于女人，牵挂有时那么甜美，那么令人快乐；有时却是那么折磨人，那么让人痛苦、无助。吴文化弹奏出的牵挂，很悲情，听得她太伤感了，几乎让她无法自持。

“不行啊，这样不行！”王喜凤知道解悄然在听吴文化的弹奏，但我们要的，应该是激越的牵挂，激越的思念，享受牵挂，珍藏牵挂，不能太悲情，不能太缠绵，革命军人嘛！

明天，她再告诉他《牵挂》应该怎么改。但今晚，就让吴文化和悄然这么享受吧。或许，他的每个音符，都与她心底里最柔软的地方共鸣着，她有属于自己的牵挂，虽然那么遥远，那么放心不下……“念天地之悠悠，独怆然而泣下。”

吴文化的才华还真是了得啊！

11. 女儿柴

骑兵团有了军垦第二代，领结婚证的更有了好几对，喜上加喜。王喜凤告诉大家说，虽然住房紧张，新房更紧张，有的连队只有一间新房，新人们只好排队等候。骑兵团决心多建几个“地窝子”，解决结婚用房，并打算给他们办个集体婚礼，全体官兵一起热闹热闹。大伙儿都兴奋地期待着。

八月，伊犁河谷的太阳也很毒，邱可法的心更是火烧火燎的，每天晚上都想找郑招娣，可招娣总觉得这样影响不太好，于是，每次都哄小孩似的，“听话，喜凤姐不是说了国庆节那天，为我们举办集体婚礼吗？”

其实，近段时间，为了李再田平反之事，招娣不停写材料，向上海有关部门反映情况，上海解放前夕，招娣也是经历了一次次惊心动魄的考验，李再田和她是单线联系，在那激情跌宕的岁月里，他们始终忠于党，忠于组织，永不叛变。复杂的是李再田的上线被捕而死在敌人的屠刀下，作为下线的李再田无法证明自己，招娣也无法证明自己，她一次又一次写出每次情报传递的过程，终于找到一次来取过情报的共产党员，他就在上海市公安局工作，终于盼来了平反的那一刻。

一辆军车呼啸行驶。

驾驶室内除司机外，旁边坐着邱可法和郑招娣。

邱可法表情严肃，目视前方。郑招娣靠窗，眼睛看着窗外。

劳改农场领导："上海寄来的材料我们已经收到了，根据上海市公安局意见，经研究决定，给李再田同志平反，恢复名誉。"

郑招娣与邱可法相视，激动地："感谢上海市公安局，感谢领导的关心。"

农场领导："我已经派人去通知李再田了。"

门被猛地推开。

李再田进来："招娣。"

郑招娣："再田。"

两人紧紧拥抱，热泪盈眶。

农场的领导和邱可法也被他们的情绪所感染，他们悄悄地离开了。

郑招娣心疼地："再田，这些年你受了太多的委屈，瞧你现在又黑又瘦。"

李再田："这都没什么，选择做情报工作，就选择了信仰，选择忠诚、坚定，就要经得起各种考验和挑战。招娣，别光说我，你的委屈不比我少，你不是一样也被人误解吗？"

郑招娣苦笑："是啊，这些年，受委屈没啥，就是心里堵得慌，憋屈。"

李再田："你心里的苦比我还要多，你承受的压力比我大得多。现在好了，我们可以堂堂正正做人了。"

郑招娣："终于等到这一天。"

李再田："你赶快回去收拾东西，跟我一起回上海。"

郑招娣有些迟疑，但最后还是对再田说："我不能跟你一起回去。"

李再田："为什么，你千里迢迢来到新疆来找我，不就是想和我一起回上海吗？"

郑招娣点点头："再田，以前我也是这么想的，但现在我已经离不开伊犁，离不开骑兵团了。"

李再田："招娣……"

郑招娣："再田，以前，我想把问题弄清楚，还我们以清白，不再委屈地生活，到骑兵团以后，我留恋这里，我已经爱上了这里。爱上了骑兵团，爱上了伊犁，爱上了这里的山山水水，一草一木，爱上了生活在这里的人。"

李再田望着招娣，他表示理解尊重招娣的选择。

军车载着邱可法和郑招娣驶离劳改农场。

司机专注驾驶。

邱可法表情还是那么严肃，招娣默默地流着泪，是忧伤？还是喜悦？邱可法看在眼里，他不敢打扰郑招娣，风吹乱了她的秀发，看上去楚楚动人。

郑招娣望着远去的劳改农场，紧紧握住邱可法的手。

招娣是一个心细的女人，和再田见面，她带上邱可法。这些天，她仍担心邱可法的情绪，男人嘛，对自己心爱女人的情绪，会产生莫名其妙的敏感。她决定做一件感动邱可法，也感动自己的事。

太阳完全落了下去，在西天残留下一片金色天空。照亮大地的，仿佛是西边的一大片金色的云朵。

伊犁河谷的夜很特别，无论阴晴，总有丝丝缕缕的微光在黑暗里飘，朦朦胧胧，像是没有黑尽的样子，又像是袅袅缭绕的云烟，叫人凭空生出许多幻想。

灰褐色的天幕下，大大小小的沙石半明半暗或兀立匍匐或狰狞或舒缓，皆涌动着一种似乎不可言传不可抗拒的自然力，涌动着旷古洪荒的莫测神秘。

天宇间弥漫着幽灵般的死寂，没有风声，没有虫鸣，连游丝般浮动的夜声也随招娣远去。在这巨大的无所不在的静寂之下，邱可法却听到了心脏在人生之道奔波的混沌脚步；听到了灵魂深处巫师预言般怪异的忠告；听到了伊犁河水挣脱束缚延续生命的流淌，所有的声音又汇合成来自亘古的天籁之声，沿着他的双脚，沿着他的头颅躯干血脉神经，在他有限的思维空间里奔突呼号……

邱可法的心底升起一股莫名的惆怅，他从来都确信自己是一条响当当的汉子。但这一刻，忽然觉得自己像一粒水石，一屑草芥，渺小得任何力量都能把他踩在脚下，揉成碎片。邱可法由恐惧又生出一腔怨意，招娣莫名其妙地把他带到伊犁河边，他不知道是哪条支流。这阵儿，他和她本该在“地窝子”里消受饥渴，缠绵至死，他幻想着招娣会为他准备怎样一个新婚之夜呢！

邱可法在黑黝黝的河谷里找寻招娣的身影，终于看见了招娣似乎正在一个高大的河沙石上忙着什么。河沙石像城堡一样兀立在夜色里，顶部有一大片平坦，且没有那些活的或者死了的红柳枝。和它相比，周围的河沙石倒像是匍匐而拜的诺诺臣民，那稀稀落落的红柳十足成了一个个黑森森的头颅。

招娣不说话，一直很认真地做着邱可法看不懂的事，抿紧了嘴唇，一脸的肃穆。邱可法走了过去，想插手帮她一点什么忙，招娣的眼神告诉他待在一旁别动。她自己先是爬上爬下地去捡那满地的干柴，堆在河沙石的顶上，后又在不远处着一段枯死的胡杨木拖拉过来。多年的雨水和风尘让这段胡杨干枯穿孔，只需在中空的树腔内稍微点火，即可熊熊燃烧起来。胡杨木天生倔强，有一千年不死，死了一千年不倒，倒了一千年不朽的传说。枯死的胡杨枝干被多年的风尘雨水腐蚀，却不腐朽，反而因为干枯更显得硬朗。这时招娣点燃了干柴，看着它燃成一团蓬蓬勃勃的火焰。

招娣双手合十，极其虔诚地跪倒在那一团艳红的火焰前。

邱可法刹那间明白了招娣所做的一切。

他偶然听一位老哥说起在那古老而又遥远的年代有一种很古怪的风俗。大山的人，一闲下来，唯一的乐趣便是胡扯闲聊，什么稀奇古怪的事都有，多数和女人有关。那老哥说：“那时女人出嫁时，需全裸了身子在山里最高的地方捡起一堆干柴。那地方的山是秃山，没有什么柴，女人得一点点扯那些隔年的茅草树枝，几乎要整整一天。村里的男人女人会都站在一边看，不许任何人帮忙，包括她要嫁的男人。这柴叫‘女儿柴’，然后女孩儿要在燃着的火堆边围着圈跑，跑一圈为一岁，跑得越多越吉祥，象征着爱情牢固，长命百岁。他亲眼看见一个女孩儿因劳累过度没跑完便昏倒在火堆旁，脚伸进火堆里烧得满是大大小小的水泡。”说到最后，老哥笑着啧一口浓痰，“什么他妈的风俗，我看是那些老少爷们想看看女人的身子，可愣是不说破。男人不说破，女人也跟着，大约也是极想让人看的。”有人说曾跟着他去饱一回眼福，可那人竟说不清到底是个什么地方，一会儿是东北哪个省，一会儿是西北哪个省，一会儿说是一个传说，一个在民间流传的古老故事。

招娣显然听说了这个故事，甚至知道故事里讲述的一些做法。

招娣已散了发，赤了足，一点点褪去衣裤，火光照着她光洁的身子，一片嫣红，她朝邱可法深深地看了一眼，那眼神很神圣，很圣洁，然后一步步走向燃着的火堆。

邱可法真想拉住她，他想起那个摔倒在火堆里的女孩儿。看着招娣那浑圆的身子，耸动的双乳，他终于没能伸出手，只攥紧了湿乎乎满是热汗的手心。

火焰在目卷，吐着明亮赤红的长舌，夜幕被漏裂，河床被灼烤，间中的鸣爆声将一个个火星送上无极的天穹。火舌肆无忌惮地舔着招娣的四肢、前胸、小腹，特别当她绕到另一边的时候，招娣的身体便如火焰燃烧般通体透亮艳红，那跳荡的双乳愈加红亮，闪动着如日月中天的辉光。

邱可法有些感动起来，他完全没想到这招娣会是这样的认真，在他为招娣做人工呼吸后，曾经有一个瞬间产生过把她抱进“地窝子”做了那事的臆想，只是很瞬间的一个幻想，很快就被自己骂回去了。

邱可法被这种神圣的仪式惊呆了，眼睛紧紧地盯着郑招娣。

一圈，二圈，三圈……

跑动的郑招娣通体透亮，艳红、健康、性感，像欲火的精灵。

火光、爱人、干柴、烈火。

邱可法被彻底感染。

招娣仍自由地、奔放地、纵情地在火光的映衬下奔跑，起舞……

“九十七，九十八，九十九，一百。”

邱可法张开双臂拥抱郑招娣。

半个月亮爬上来。

招娣脸上湿漉漉的，说不清是汗珠还是泪水，那柔润的肌肤、丰满的双乳都伸手可及。一种遥远得几近陌生的情感淌着广漠幽蓝的伊犁河水从四面八方向他走来，他不由自主地郑重和神圣起来，一股被看重、被依附、被供奉的男人浩气在他的胸腔里回荡。

招娣仍在深情地凝望着他，那目光如同翻卷恣肆的舌一点点吞食了他的躯壳，向他的灵魂深处走来。他明白招娣在等待什么，他原来不想那么郑重，只想过要和招娣白头到老。静静流淌的伊犁河水，这带着远古神秘蛮荒的焰火却变成不可捉摸的力量，召唤他向招娣的希冀走去。

他撕开自己的上衣，扯掉自己的裤子，净身走近火堆，从中挑选出三根差不多一样粗壮一样长短的柴棍，将它们一并燃旺，插在河沙的一个高坎上。三束红亮的火焰在夜幕上飘。顷刻，又化作三缕笔直向上的云烟。待它们渐渐升腾远去，他回头郑重地拉着招娣的手，一步一步缓缓向前，两人齐齐地跪下，朝着这三枝红烛一样的云烟，朝着冥冥之中的爹和娘，朝着伊犁河扑地而拜，一如面对着先辈高堂和无数祈福礼赞的乡邻。

深邃无边的夜幕为他们降下幽蓝色的帷幔，广漠无垠的荒漠抖开铺天盖地的温柔。火焰为两具赤裸的身躯涂抹着赤铜色的辉光，仿佛是走出伊甸园的人类，邱可法和招娣都不懂什么历史，不知道他们的先祖也曾如他们一样，在大地的怀抱中对天交合，坦坦荡荡地倾泻人类最辉煌昂扬的繁衍和生存。他俩只是怀着赤子之心，回归到天人合一的大自然。

邱可法心头一热，立即迎上前去抱住自己的女人，痛惜地打量着，轻抚着。郑招娣把头依偎在男人的胸口上，仰起桃花似的笑脸，凝视着自己的男人，一双明眸滚出幸福的泪花。

“可法，结婚后，不许欺负我，不许辜负我！”

“招娣，我疼你都来不及，以后全听你的！”

招娣慢慢地拉住邱可法的手，用自己的手紧紧地包裹住，“我就知道，还是你懂我……”

“我是最棒的男人。”邱可法说着，把唇递过去，郑招娣忙把唇迎上来，响应他的亲吻。

“招娣！你的唇真甜，尝过后会上瘾！”

“那就一辈子留住她！”

俩人会心地笑了，月亮也笑了，天似一口翡翠巨锅，成了他俩的被窝，也盖了伊犁河谷。

那一夜，伊犁河一直温暖如初。

12. 民族团结

我们新疆好地方哎，天山南北好牧场……优美的旋律打动着这一代人。让吴文化引以为豪的是他参加了这曲新疆颂歌的大合唱。两百多号从全疆各地抽调来的文工团员，在伊犁霍尔果斯草原的旷野上排开，一起录制恢宏优美的《边疆战士大合唱》。作曲家振臂指挥着，还不时点拨着吴文化他们唱出对新疆的真情，发挥出最佳的艺术水准。他对吴文化他们说，采风就要深入连队，深入到民族兄弟的毡房，可不能自拉自唱、闭门造车。

从霍尔果斯草原回来，上级的指示也下来了，团宣传队要走进驻地周围的村庄、牧场，向各民族同胞宣传党的政策，向他们学习民间乐器、音乐艺术、语言文化，要深入屯垦戍边的第一线，用革命歌声鼓舞官兵们战天斗地、建设新疆。

除了必要的练习和排练，骑兵团宣传队的大部分同志平日都分散在各个连队，有任务时才集中在一块。吴文化组织宣传队深入基层，并留心搜集各地军垦战士们自编自创的歌谣、顺口溜，给大家朗诵:“谁言大漠不荒凉，地窝房，没门窗，一日三餐，玉米间高粱。一阵号声天未晓，寻火种，去烧荒。最难夜夜梦家乡，想爹娘，泪汪汪；遥对天山，默默祝安康。既是此身许塞外，宜红柳，似白杨。”

是部队培养吴文化这个文艺青年，刚来时成天念着“生命诚可贵，爱情价更高，若为自由故，两者皆可抛”，还有罗密欧朱丽叶这些连篇的洋文，现在能一头扎入民族文化艺术的海洋，又与那些身经百战的战士们一样挥起坎土曼，一样钻进“地窝子”。

文质彬彬的吴文化始终像点燃了的一团火，带领着宣传队员们投入到火热的生活中。维吾尔族的热瓦甫，哈萨克的冬不拉，蒙古族的马头琴，他都虚心地向各族兄弟一一求教，就像当初他向那位塔吉克同胞学鹰笛。他觉得自己不单在学一种民族乐器，一种民族文化，更重要的是，要读懂一个民族的心灵，一个民族的精神。新疆，是各民族的大家庭，大家团结如一，共同建设着这个美好的家园。吴文化抱着这样的信念，带着宣传队奔波在伊犁河谷广大区域。

在哈萨克族，哈里巴依是一位有着传奇色彩的民族音乐家，称得上“新疆民族音乐的活字典”。吴文化很早以前就听说过他，在这次深入基层，深入民族兄弟毡房活动中，吴文化意外得知，哈里巴依大叔就住在伊犁河谷，离骑兵团驻地不远的地方。

吴文化非常激动，立即前往哈里巴依家。没想到哈里巴依住着一顶很破很旧的毡房，它坐落在伊犁河边一片空旷的草甸上，门很小，毡房门外挂有用芨芨草编织的夹有一层花毡的旧门帘。不远处的羊圈门口停放着一辆六根棍马车，可能放置很久没用过了，上面落满了灰尘。毡房的门关着，听得见里边有些动静。吴文化敲门，很久，大叔并没让他进去，吴文化决心耐心等待。天色渐渐暗了下来，晚霞映红了草甸。

这时，远处传来赶羊的吆喝声和羊群的叫声。不一会儿，一位十几岁的少年赶着羊群回来，熟练地赶羊进圈。只见他头上戴翻边帽，身上穿高领衬衣，上绣花边，衬衣外套坎肩，坎肩上穿短衣，宽大结实的裤子，扎一条牛皮制成的腰带，腰带右侧佩有刀鞘，内插腰刀，磨得发亮的长筒靴子长及膝盖。他的衣着较旧却很整洁，年龄不大眉宇间却透出一股英气。吴文化有点奇怪，这个身穿哈萨克传统服装的少年，仔细端详，怎么像是一个汉族孩子？嘈杂声过后，他将羊群赶进了羊圈，少年关上羊圈的门，转身要进毡房。

吴文化赶紧上前问“加克斯马斯孜（哈萨克语，你好），这是哈里巴依大叔家吗？”少年看了吴文化一眼，并没有回答。

“哈里巴依大叔在家吗？”少年再次看了看吴文化，仍没有回答。吴文化想，也许这个少年听不懂汉语吧。

天渐渐黑了下来，吴文化只好回团部。但哈里巴依大叔成为他的牵挂，怎样才能见到哈里巴依大叔呢？吴文化沉思。

一个多云的午后，吴文化又一次来到了哈里巴依大叔的毡房外。在离毡房不远的地方，吴文化坐在草地上，拿出冬不拉。午后的伊犁河谷，微风徐徐，高高的天空，朵朵白云悠闲地向南飘去，地上白云们的影子抚慰着河谷，波光粼粼的伊犁河蜿蜒远去，河岸边的草甸上蟋蟀们竞相鸣唱。此时，一曲悦耳的乐曲从吴文化的冬不拉声中传出，悠扬而高昂，仿佛数只雄鹰在山谷上空盘旋。冬不拉，是哈萨克族的艺术瑰宝。在天山南北，冬不拉文化源远流长、奔腾不息，它已成为新疆各民族的灵魂所在、力量之源。

弹拨的冬不拉曲声，余音绕河谷久久不绝。

这时，吴文化注意到毡房内有了响动，他走近毡房，“加克斯马斯孜，哈里巴依大叔在家吗？”

“进来吧！”毡房里传出一个苍老的声音，看来是吴文化的冬不拉乐曲打动了大叔。

进毡房，眼前的一切，让吴文化惊呆了，哈里巴依大叔双腿平伸着坐靠在床上，饱经沧桑的脸，皱纹像是用刀雕刻上去的一样。床的里面，还躺着一位大妈，应该是库尔佩娜依大妈了，库尔佩娜依年轻时可是一位美丽的舞蹈艺术家。看来，相濡以沫的老两口都病了，下不了床，大妈的病似乎更重些。破旧的毡房内，除了几件简单的家具外，别无他物了。吴文化心底里一阵阵心酸，眼睛湿润了，他向两位老人深深地鞠了一躬，让泪水情不自禁地自由地落了下来，便轻轻地退出了毡房。

吴文化立即赶回团部，直接向徐团长汇报。徐祖雄当即决定，带着团里的医生随吴文化赶到哈里巴依大叔家。哈里巴依大叔和库尔佩娜依大妈得的是严重的腿病，由于缺医少药，已经严重到久卧不起，大叔大妈还患着其他一些老年病。医生诊疗的同时，吴文化和宣传队员一道默契地收拾着毡房，洗被子，补帐篷，忙到天黑，把里里外外打扫得干干净净。吴文化平日很少干这些活，现在与解悄然一起干着显得特别上劲、顺手、开心。

徐团长又安排路华等几位女兵定期去哈里巴依大叔家帮助照料生活。两位老人非常高兴，只是小布鲁安却很少说话，每天一早按时赶着羊群去放羊，天快黑了才赶着羊群回来。女兵们和他聊天，他一问一答的也并不多话。

眼看，大叔大妈的身体一天一天好起来，团卫生所医生又给老人送来两副拐杖。这一天，阳光明媚，趁布鲁安的羊儿还未赶去，吴文化、路华以及医生一起，搀扶着大叔大妈下床，来到毡房外，坐在椅子上，两位老人不知有多久不曾走出毡房了。

和煦的阳光洒在老人的脸上，两张沧桑而苍白的脸上浮现出真诚的笑意。

吴文化拿来了冬不拉，递给哈里巴依，想让老人找回自己的力量。

“好久啦，不知道还行不行。”哈里巴依接过冬不拉，一边校音一边说着。布鲁安赶着羊群回来了，把羊圈好，来到大叔大妈身边。

“布鲁安，给我们跳支舞吧！”解悄然提议。因为她已经知道了，库尔佩娜依曾潜心教过布鲁安舞蹈，说他跳得不错。

在大家的掌声中，布鲁安点头同意了。

哈里巴依大叔演奏了一曲他几年前创作的乐曲《河谷之鹰》，

他是那样的专注、自信，他的演奏充满激情，弹起冬不拉，哈里巴依脸上的皱纹都展开了，似乎他又回到了很远很远前的那个年代。

布鲁安的舞蹈更吸引人，他抖动双肩，张开双臂，像是骏马在茫茫草原上驰骋，像是雄鹰展翅在天空中自由翱翔，轻快有力的舞步刚健苍劲、潇洒优美。伊犁的雪山溪流、草长莺飞。悠长的历史、淳朴的人文似乎都在舞蹈中一一呈现。

雪岭云杉上站满了草原雕、苍鹰、金雕，在音乐声中，“呼”的一下，全飞翔起来，在空中盘旋。

大家完全被这动人的旋律和优美的舞姿陶醉了，冬不拉，神奇的冬不拉，河谷之鹰，骄傲的河谷之鹰，一切都令人神往。特别是布鲁安，这舞跳的，无法与“羊倌”联系起来。

哈里巴依大叔和库尔佩娜依哪知道，布鲁安在放羊时，见苍鹰翱翔，总情不自禁地舞蹈着。

大家熟悉了，交流的话语也多了，布鲁安的传奇身世，从两位哈萨克老人的口中娓娓道出，让在场的每个人无不动容。

布鲁安的原名叫陈实，父母都是共产党员，父亲在八路军驻新疆办事处工作，母亲在迪化一所学校任音乐老师，也是那时，结识了哈里巴依夫妇。当时哈里巴依已是很有名气的民族器乐家了，妻子库尔佩娜依又是出名的舞蹈家，陈实经常跟着母亲去他们家，善良的哈里巴依夫妇很快成了他们的好朋友。陈实的聪慧，哈里巴依夫妇十分喜欢，并认陈实为他俩的汉族干儿子。

1942 年，新疆省边防督办盛世才背信弃义，投靠蒋介石，抓捕共产党人，陈实父母也在其中。在入狱前，母亲将幼小的陈实托付给哈里巴依夫妇。1943 年 9 月 27 日深夜，陈潭秋、毛泽民以及陈实父母等一批共产党人被敌人秘密杀害。

得知这一消息，哈里巴依冒着生命的危险，带着陈实，逃离迪化，先逃到塔什库尔干，这里是中国古丝绸之路的最西端，位于帕米尔高原的东部，平均海拔 4000 米。塔吉克人歌声热情奔放，加之独特的鹰笛和如雄鹰搏击蓝天般潇洒的舞蹈，令人情不自禁地为之喝彩、击掌。哈里巴依夫妇带着陈实来到这里，塔什库尔干偏远，当地人朴实善良，所以十分安全。再者，塔吉克族的音乐舞蹈，也是哈里巴依的向往。

在塔什库尔干几年后，哈里巴依一家又逃回伊犁老家，躲到尼勒克一个最边远的村庄，并给陈实起了个"布鲁安"的新名字，一家人过起了隐居游牧的生活，相依为命。哈里巴依没有儿女，视布鲁安为亲生。在两位哈萨克老人的精心照料和调教下，小布鲁安长得聪明可爱，十分听话。当哈里巴依创作出《河谷之鹰》曲子后，库尔佩娜依很快创作出《河谷之鹰》的舞蹈教布鲁安跳，并希望布鲁安成长为雄鹰翱翔在西域大地上。

长期的奔波，哈里巴依夫妇的腿病越来越重，后来发展到不能下床。布鲁安成了小男子汉，承担起支撑全家生计的重任。他每天放羊、做饭，照顾两位老人，用他那稚嫩的肩膀扛起这个家。

从不提条件的哈里巴依大叔向吴文化提了个条件，请骑兵团带走布鲁安，让他读书去，参加工作，大叔愿将哈萨克最古老的音乐传授给吴文化。望着朴实、善良的大叔，吴文化点头答应，回去一定向领导汇报，让布鲁安读书、学习文化。他说：“大叔，您和大妈为我们共产党人，为我们汉族同胞做了这么了不起的一件事，布鲁安是革命的遗孤，也是咱哈萨克的骨肉，我们一定会帮助他茁壮成长，将来回报祖国，回报他的哈萨克父母。”

一听说让他去读书，布鲁安坚决不同意。他知道，两位老人离不开他，他也离不开两位老人，

“不，我不去读书，我要和你们在一起。”

“孩子，去读书吧！你已经长大了。”大叔含着泪水说。

“不！”布鲁安很坚决。

“孩子，听话，你要去读书。现在我们身体好多了，这么多叔叔阿姨又经常来照应。我们不能耽误你，不能对不起你去世的父母啊！”哈里巴依大叔流泪了。库尔佩娜依大妈早已泣不成声。他们老两口又何尝不想把小布鲁安留在身边啊！

布鲁安上前抱住库尔佩娜依大妈。“你们就是我的父母，我永远都不会离开你们！”

吴文化、解悄然他们也被感动了，陪着一起掉眼泪，多伟大的哈萨克大叔啊！多懂事的可爱孩子啊！

团里的医生，每周都来给哈里巴依夫妇治疗，吴文化也经常向哈里巴依大叔学习音乐，在塔什库尔干生活过的哈里巴依大叔，潜心研究了塔吉克族的民间音乐，特别是“鹰笛”。记得有一次他们

登上县城东北角的“石头城”，那五百年前美丽的传说，激起了他强烈的创作欲望。《河谷之鹰》就是在这个基础上创作的。哈里巴依一生爱音乐，音乐是他的全部。现在，一点点的传授给吴文化。艺术的交融，也是文化的交融，民族的交融。伊犁河谷，见证着这一美好，这一传奇。

13. 归宁，雪雕

金秋十月时，王喜凤主婚，徐祖雄证婚，为骑兵团的五对夫妻举行热闹非凡的婚礼。金秋是斑斓的，伊犁河谷又变成了一幅油画，黄色、紫色、粉色，一片一片。雪岭云杉的葱郁底衬着万紫千红，与天空中那暖暖的秋日呼应着。对骑兵团的男女战士们来说，这是一个扎根边疆与收获果实的美好季节。

这天，王喜凤把悄然叫到团部，告诉她说："边江同志平反了，彻底平反，恢复军籍。"说这话时，王喜凤心里也非常激动。这不仅是个人的事，也是党实事求是政策的体现。

悄然连声说："真的吗？这是真的吗？"她喜极而泣。悄然的证明材料是通过骑兵团转给当地法院的，她以个人的生命保证材料的真实。

"一切水落石出，当时告密的是门卫老郑，他已于去年被抓，他身上有好几个案子，是彻底的反革命，加之你的证明材料，时间、地点、医院证明，都说明边江同志是无辜的……"王喜凤说完看了悄然一眼，“组织上征求边江同志的意见，告诉他可以回湖南老家，他坚决表示要留在新疆，最好到骑兵团，组织上同意了他的请求。”

“太好了！”突然的消息，让悄然高兴得跳起来。

“我和徐团长商量过了，把边江同志分在宣传队，给吴文化当副手，他是学中文的，给大家讲诗、词、赋教教文化吧！”王喜凤似乎在征求悄然的意见。悄然的灵魂终于安静下来了，她心里总有边江的影子，她以巨大的力量克制住了自己，没让泪水掉下来，她知道，边江是无罪的，因为那夜，她就在边江身边，半步也没有离开高烧的边江。

她用生命证明，这不仅仅是私情，更是良知、是品德、是高尚情操。边江平反了，她心里的石头落地了，她认为做了件自己该做的事。她沉浸在愉悦之中，是怎么离开喜凤姐的，自己都记不清了。

悄然舒坦了，不解的心结打开了。得知消息的吴文化也兴奋不已，他对悄然说“你做了件了不起的事。”

悄然说：“知道吗？这些年边江的事压得我喘不过气，现在好了，一切都好了，我的心结也打开了。”

吴文化握着悄然的手连声说：“喜事，好事啊！”其实，他的内心是矛盾的，一方面，他真心为边江的平反高兴，同时也被边江与解然这些年的坚持而感动，另一方面，自己已经深爱悄然，这时，边江出现了还真不知怎么办好。

边江向徐团长请假，跟解悄然道别，因为他必须回趟湖南，他的老母亲还在老家，突然的被捕，他的老母亲并不知他去哪儿了。

是吴文化、解悄然送边江上车离开伊犁的。当他和吴文化目光相对，两人的内心都有一股莫名其妙的痛苦，两个男人“情缘”的痛苦。

边江的老家在湖南湘江边，从劳改农场出来，他牵挂老母亲，这几年真不知老母亲是生是死，尘土挡住了他的视线，透过高度近视的眼镜，模糊，只感觉到有两个人影向他在招手。

悄然和吴文化在路边站了很久。

悄然的内心是坦诚的，她对吴文化说：“文化，你耐心听我讲讲和边江的故事好吗？”

吴文化点头，“我这不听着吗。”

悄然说：“我在长沙读书时，租住在一个小院里，边江也租住在那个院子里，他是《大刚报》主编，天天上夜班，我俩几乎也见不上面，那几个月，《大刚报》在长沙非常火，我也开始留意着这位年轻的主编，或许是对他思想和文采的仰慕，我对他有了好感，当青春的年纪在一起碰撞，我们并没有拒绝对方，我俩在湘江边有了第一次拥抱。然而他突然的失踪，对我打击很大，因为他失踪的前一夜住医院时，我就在他身边，他没有去告密。所以我希望找到边江，告诉他，我们一起申诉，我也找到一些材料，可以证明他是无罪的。”

“但我必须向你承认，通过这段时间的接触，我爱你，你是我心中的天，目前发生的事，我不知怎么办？”

汽车已经看不见了，留下的尘土、黄沙滚浪而来，他俩就坐在公路边。

吴文化压住内心的情感，不知如何回答，生命中有了一次命运的捉弄。吴文化慢慢站起来，缓缓地对悄然说："悄然，我相信你，最终，无论你作出什么决定，都是有理由的，我都会支持。"

解悄然也慢慢站起来，从吴文化身后抱住他，流出泪水，心撕裂地痛。

湘女多情亦重义。

这段时期，骑兵团男人的故事，女人的故事不断延续的情怀、责任……

团里又陆续搭建了一些"地窝子"改善战士们的住宿条件。屯垦戍边初期，军垦官兵多建"地窝子"安家，这是从平地挖一个一两米多深的正方形坑，用柳树木做架子上铺芦苇、柳条等固定，再铺上油毛毡，外糊草泥，稍干再覆盖一层泥土。"地窝子"顶部开一个天窗用于采光和通气，侧面开扇门进出。条件好的挂块帘布，没条件的连遮掩的都没有。外面刮风，里边尘土飞扬，外边下雨，里面水淹七军，军鞋、脸盆、缸子等都会漂起来，女兵们拿起脸盆缸子边敲边唱，唱新疆歌、唱家乡曲。"地窝子"墙上挖个洞放油灯、马灯，"床"一般是一个通铺式的炕，炕上铺着芦苇和干草。当时还有一首顺口溜"'地窝子'真正好，冬暖夏凉少不了，一个班一个炕，睡在一起真热闹。"

邱可法等五对参加集体婚礼的新人，现在都如愿有了属于他们的私人世界。不过，"地窝子"千篇一律，有时候晚上起夜后，回来就找不到北了。邱可法曾经发生过进错“地窝子”、睡错床铺的事，这成为团里开心的笑料，羞得粗犷的邱可法也无地自容。倒是招娣，总是为内疚的邱可法辩解，从此自家的“地窝子”门口多了一副红红的对联——“有天皆丽日，无地不春风。”这副对联白天像团火，夜晚像盏灯，邱可法在“春风沉醉的夜晚”得意地去起夜，就算醉了也永远能准确地回到自己的小窝。

小日子过得惬意，转眼入冬，又是一片雪白的世界。一场突如其来的风雪，刮落了挂在树梢最后一片残叶。整个伊犁，银装素裹、皑皑千里，一望无际的白雪覆盖着曾经的五颜六色。

古尔邦节，是信仰伊斯兰教各民族盛大的传统节日。清晨，清真寺里阿訇祈祷之声由近及远，唤醒了沉睡的镇子。巴拉斯提大叔晨祷后，返往自家途中看见徐团长正骑着“汗血宝马”，带领几个战士，赶来向他和民族同胞祝贺节日。当天，吴文化率团宣传队去民族村做了一场精彩演出。

古尔邦节后，全团就转到以学习为主了，因为生产在严冬里是很难进行的。这个月，团里安排学毛主席的《实践论》和《矛盾论》，一些文化程度不高的战士觉得比较吃力，徐团长拿着一本艾思奇的《大众哲学》，来与喜凤商量，看是不是选些章节油印出来，供全团同志作学习参考资料。王喜凤对《大众哲学》一见如故，知道这是学哲学、学马列的通俗读本，风行全国。在抗日战争和解放战争的硝烟中，它像一把火炬点燃了无数进步青年的革命激情，带他们奔向延安，奔向解放区。“革命胜利不会自然而然地来到，必须要认识革命规律，要有正确的斗争指导。”喜凤还清楚地记得书中的这些话。

喜凤接过徐团长的书，但见那书划满了线，写满了字，徐团长龙飞凤舞的手书外，还有一些很娟秀、很整洁的字，一定是出自一位秀外慧中的女性之手。喜凤没有追问，只是对选印《大众哲学》表示赞同，并提议让解悄然等几个女兵刻出徐团长选定要学的那些内容，印发给大家。徐团长点点头，直属连安排学习任务本来就归喜凤负责，他的职责是全力配合。

抓紧学习的同时，各家的小日子也越来越红火，可新媳妇们总觉得缺少点什么。招娣突然想起来一次集体的“回娘家”。五个新媳妇一商量，全票通过了招娣的提议。

“回娘家”，是新过门的媳妇必须履行的程序，在南方，把“回娘家”称之为“归宁”，这是个至理，通常是丈夫把新媳妇送回娘家。回到娘家，女儿和母亲聊天，诉说着新婚后的感受，高兴也好，委屈也好，悄悄告诉妈。这一夜，属于母亲和女儿的，男人们是不准进屋的。严格意义上说，男人只准待在外面，开门了，才能接回自己的媳妇。

五个新媳妇在招娣带领下，做了周密安排。并商量决定将王喜凤住的“干打垒”房作为共同的“娘家”，把王喜凤当做大家的“母亲”。平时工作任务太重，她们选择了冬闲的一个休息日。

结婚是女人新生活的开始，它影响到女人生活的方方面面。五个新媳妇变得大方起来，漂亮了许多。五个新媳妇口径一致，要求五个男人必须每人准备一辆马车，且马车要装点喜庆，车上物品要丰富一些，鸡呀、羊呀、香烛呀等都要。要有南方新郎官牵着新媳妇回家的味道。回“娘家”的路线也做了精心策划。

一切设计的是那么完美，那么浪漫。

清晨，天公作美，阳光出来了，伊犁的冬天，早晚冷，白天还行。五个男人，五个女人都做了别致打扮。当十个人齐刷刷站在“地窝子”外时，五个男人扫视五个女人，五个女人使劲瞅着五个男人，男人更精神了，女人更漂亮了，都那么准时出现在“干打垒”外集合，流露出无限的幸福快乐。

根据事先商量的路线，向伊犁河上游走，不能少于十公里，马车摇晃着，走得十分欢畅，路虽长一点，但车上的新媳妇有说有笑，叽叽喳喳好不热闹。

一路上，他们唱起了《归宁》的歌：

回娘家喽！回家。
看妈去喽！咱妈
小妹妹马车上坐
穿过峡谷趟过河
归宁看妈
看望心中的妈
妈抚育我长大

妈关心我成家
归宁归宁回家
回家回家看妈
妈呀妈亲爱的妈！

纷飞的雪无拘无束地飘忽着，将伊犁的一切厚厚地覆盖着。当五对新人来到了伊犁河边时，河面结了厚厚一层冰，放眼望去，像是一条长长的巨龙躺在草原上，与大自然浑然一体。邱可法听前辈人说，过河时要背新娘子过去，这样才能相互依靠，天长地久。于是五个男人半跪着，让新娘们骑了上来，驮在背上。他们说要来个婚赛，五个男人把女人的一只毡筒鞋扔到对岸，谁先到再把晚到的那只毡筒鞋扔回去，如此来回折腾，最后的一位先向"丈母娘"敬茶。

一切有序进行着，他们在宽阔的河面一字排开，准备向前冲，快到对岸时，由于冲得过猛，邱可法一个趔趄就跌倒了，嘴里塞满了雪，十足狗啃屎模样，引得张威他们一阵大笑。

在河边，按商定，他们要野餐。拴好马车，五对新人来到河边，找了一个石子多的地方，每家拿出两道拿手好菜，哪道菜最先吃完，就是最受欢迎的菜。十个人，十道菜，新媳妇还带了一瓶酒，就这么热热闹闹一中午。

饭后，新媳妇们上车了，男人赶着车，马儿慢慢向树林走去，去找雪岭云杉，让新媳妇有个靠的地方，还要有距离，给男人们半跪并能拥抱的空间，半跪的男人齐声高呼。“老婆，我爱你！”五个浑厚的声音在树林中回响。“老婆，我爱你！”五个新媳妇心快要跳出来了。

五个新媳妇用深呼吸尽力呼吸空气，同时享受着新婚后男人的殷勤。让雪岭云杉作证，让大自然作证。一位哲人曾这样寄语，“回家的路，曲曲弯弯，车轮飞转。归乡的心，时时刻刻，感动游子。思念的情，岁岁年年，牵挂永远。”

浪漫的一天。等马车返回时，天快黑了。五个男人，牵着自己的新媳妇，敲王喜凤的门，王喜凤住的“干打垒”外间吃饭办公，里间住宿，比一般的要大些。

邱可法敲了三声，没人应。

“奇怪，门就不开？”郑招娣一边问一边靠过来摇了一下门。一摊手说：“门在里面反锁着。”

肖迎春透过窗子，屋里是王喜凤的人影来回走动，可为什么不开门……

正当大家迟疑之际，门“咿呀”一声裂开了缝，随后一双大手将门缝拉大，“快进来吧，新郎新娘们！”一切按约定进行，王喜凤接着问：“今天快乐吗？”

“快乐！”大家齐声回答。

“幸福吗？”喜凤又问。

“幸福！”大家又齐声回答。

郑招娣面对五位男人，下达命令：“立正，向我们的妈妈敬礼。”

五个男人齐刷刷敬礼。招娣又下达第二个命令“全体注意，一、二、三……”

“妈！”五个男人、五个女人又齐声高喊，伊犁河谷传来回音“妈！敬爱的妈！咱们的妈！”

王喜凤泪水涌动，多可爱的战士，自己的付出值了。“快进屋，快进屋！你们五个大男人，抓紧时间给我们做饭。”新媳妇们一拥而进。

“喜凤姐，为什么这么久才出来开门？”郑招娣问。

“这是军事秘密，等你们有了小孩，就明白了。”

王喜凤给五个新媳妇留下无限的遐想。

招娣微微点下头，她感到做母亲不易，感到做母亲的用心良苦，当她轻轻掀开门帘，两眼闪动着泪花。床上放着五沓孩子的小衣服、小被褥，还有单尿布、棉尿布摆放得齐齐整整，这些都是用战士们的破衣服、旧被子翻新改做的，都清洗得干干净净！招娣的泪水夺眶而出！母亲，伟大的母亲！母爱，无私的母爱！

当招娣的目光再次转向王喜凤时，喜凤干练的外表，依然露出柔美。敬爱的喜凤姐，招娣心中默默重复着你一定要幸福！

按约定和喜凤姐的要求，今天的晚饭由五个男人做，王喜凤和五个新媳妇坐在床上说话唠嗑。男人们各自献手艺，由王喜凤评价谁的手艺最好。

由于事先准备好半成品，没多久肥嘟嘟的清炖羊肉、香喷喷的鸡肉、红白相间的熏腊肉片一盘盘摆上桌。邱可法笑道：“不是对你们吹牛，我邱可法的手艺还是很有两下子的，在家都是我做饭。”

“谁信啊！”新媳妇起哄。“你问她。”邱可法指着招娣说，招娣点点头。“在新疆做上海菜太困难了，我只能偶尔露两手，洗碗什么的，我承包，邱可法现在会心疼女人了，你们信吗？”招娣说。

“不信。”新媳妇再次起哄。

五个男人异常兴奋，不停向王喜凤讨酒喝。月光一斜，那干空了的酒杯在清冷柔和的月光下折出晃眼的光。

酒的激情，新媳妇的甜蜜，五个男人疲倦了，正要起身告辞，被王喜凤拦住：“女婿们听好啦，今天是咱家闺女‘归宁’，按规矩来说，女的在娘家过夜，男的只能待在外面。”

王喜凤的话音刚落，五个男人木讷了，怎么会这样呢？！五个男人被王喜凤半送半推地哄出了“干打垒”，他们这才知道，一切是真的。

皓月当空，夜色是明净的，月光如水银般倾泻在窗台上。这是让人心动、撩人情思、令五个男人兴奋的月夜，唤起他们灵魂深处隐藏的全部依恋，他们依恋着自己的媳妇。两个时辰过去了，五个男人时而引颈往屋里瞧，时而踮着脚尖往里探个究竟，时而踱来踱去。突然，屋内传来一声响。

“妈，我尿急，又不能到外面去，咋办？”

“墙脚根不就有个盆嘛。”

“那我用啦！”

不一会儿，屋内响起一阵哗哗的流水声，五个男人贴到外墙上，心里痒痒的，挨不住了，就闹开了。

赵连长，“你说南方‘回娘家’都这么规定的吗？左手一只鸡，右手一只鸭的，骑兵团五个最棒的哥们儿！可‘妈’还把我们赶到外面站着？”“不就一晚吗，你就忍一下吧！”

晚上，伊犁河谷多冷啊，雪花已开始飘了。

“雪花那个飘啊……”他们想起过去在解放区看过的《白毛女》，赵连长说：“冲锋陷阵可以，可眼下只能在这里乖乖地待着。”

哎……

一阵寒风轻轻透过，五个男人相互望了望，再也无语，他们挤到一起，靠在一起，微微眯上双眼。

一轮明月挂在河边天际，照亮了挂满雪花的树枝头，寒风阵阵，伊犁河谷传来一曲悠扬笛声。

“雪雕！”五个冻僵的男人，顺着笛声，缓慢移动。

“雪雕！”立在那梦幻般的冰雪伊犁河谷边，挂满雪花的树下，阵阵微风卷起白雪，轻轻散落在“雪雕”身上。

“是吴文化。”邱可法小声说道。

“这么冷，他这是吹的哪一曲啊！”

吴文化身上覆盖了一层雪，身着一件旧棉衣，露出胸前塞满的棉花，戴着一顶破旧棉帽，腰上缠着草绳，鞋上也系着草绳，眉毛上、胡子和帽檐下，挂着吹笛时哈气形成的白雾，侧对着河面，沉醉在演奏中。笛声在整个河谷中荡漾，对外面的世界，他浑然不觉。

屋里五个新媳妇，都惦记着自己的男人：“这么冷的天，把他们关在外面这么久了，心痛。”当再次听到笛声时，王喜凤已明白了姑娘们的心事，悄悄开门，姑娘们一跃出门，寻找自己的男人。

人呢？她们完全不知男人们已不在窗下听她们窃窃私语。顺着笛声，她们也看见了伊犁河边的那尊“雪雕”。太雄伟了！在这样的气候条件下，能坚持站着，就是条汉子！

女人们没敢走近，怕惊动她们的男人，怕惊动那尊雄伟的“雪雕”。

“吴文化，你怎么了？”邱可法说，你这造型还真让人感动呢！

“你不冷吗？”

“胸前温暖，心里温暖，全身就温暖。”吴文化慢慢说出了心里的话。

一曲《望雪》在伊犁河边响起，不得不承认吴文化的音乐天赋，不得不承认吴文化情感丰富，否则写不出如此打动人心的作品。笛声真的是太美了，似乎宣泄着青春的渴望、宣泄着心中熊熊燃烧的烈火，却又那么淡定。像是雄鹰在高空翱翔，盘旋在冰雪山上，那样的气定神闲。

解悄然就站在不远处静静地听，慢慢地品，她随吴文化的笛声而来，她也站在雪岭云杉树下的雪地里，没有前去打搅吴文化，只是静静地用心在读笛声，读懂了吴文化的内心。

吴文化看着五个木讷的男人，他知道，他们是被五个新媳妇“归宁”后赶出来的。吴文化觉得好笑，你们这些男人啊，如此不浪漫，大冷天的，让媳妇赶到门外，就这么傻傻地待着。为什么不唱歌，用歌声感动女人？为什么不朗诵诗词，用诗词打动女人？“冰雪覆盖着伏尔加河，冰河上跑着三套车，有人在唱着忧郁的歌，唱歌的是那赶车的人……”《三套车》的旋律从笛孔中传出。

解悄然知道，吴文化内心的苦，她真想前去拥抱吴文化，温暖他，她想如果真这样，吴文化会崩溃的。此时，解悄然已收到边江的电报：“已启程返伊犁。”

原来，边江返回湖南老家后得知，他的老母亲已在他被捕的第二年就去世了，是乡政府帮助将他老母亲安葬的。在老母亲的坟前，他跪下磕头，不孝儿子啊！额头磕出了红印、磕出了鲜血，眼镜片也磕破了……安顿好一切，他告别老家，赶回新疆，到了乌鲁木齐，他才想起，回伊犁又如何面对呢？在党和政府的关怀下，是悄然锲而不舍的努力，自己终于得以平反了。可从悄然和吴文化的眼神里，他又读到了情感的另一面，他突然想回湖南了。在乌鲁木齐他徘徊了几天，最终决定还是去一趟伊犁，告诉悄然和吴文化，他必须回湖南，老母亲身体不好，需要他照顾。世事难料，边江在去伊犁的路上，在翻越独库公路大板时，不幸发生了车祸，生命危在旦夕。悄然和吴文化得知消息后立刻赶到医院，在最后时刻，悄然握着边江的手，边江微笑着闭上了眼睛。悄然和吴文化坚持将边江的骨灰送回骑兵团的墓地，因为边江也是骑兵团的战士！

14. 军法无情

路华粘着喜凤，一刻也不离开。

为了获得寂静和思索，王喜凤早早回到房间，直属连大大小小的事，让她操心操劳，也让她感到生活的充实。她披衣靠在床上，透过天窗望着星星。路华的陪伴给了她许多欣慰，特别是路华的进步，让她觉得在这革命的大熔炉里，路华真的长大了，对得起母亲一手把她拉扯大。路华的快乐，也给了王喜凤莫大安慰。最近路华有时会在她面前撒娇，有时，晚上还要挤到她房间来睡。大姑娘了，恋爱的姑娘才会这样，好事啊。

“抓阄”那会儿，徐祖雄念出的名字是王喜凤，她不知所措，知道自己不配，虽遇有私心，希望能成徐祖雄的妻子，但仍压制自己的激动创造机会，让路华和徐祖雄多接触，可徐祖雄就是不松口，她也不知道是什么原因。

夜晚，伊犁河边，王喜凤和路华也依水而坐，路华呆呆地望着远处，情不自禁地哭起来。

王喜凤劝慰她：“妹子，怎么了？”

路华哭着说：“我心里难受。”

王喜凤：“跟你说句心里话，姐心里也不好受啊。按理说团长是最讲原则的人，出现这样的事，太不合常理了，我想他一定有什么难言之隐。”

路华哭声渐渐减弱。

王喜凤：“路华，坚强一点，时间会冲淡一切的，我坚信一切都会好起来。”

路华用手擦着眼泪，懂事地说：“姐，我听你的。”

月光照在了两个女人的身上，月色、倒影。

在另一个“地窝子”里，解悄然欣赏地看着边摆弄“冬不拉”边写谱的吴文化，说：“文化，我可真服了你了，手气怎么那么好，一下就把我抽中了。”

吴文化假装思考写曲子，没抬头，心虚地：“可能这就是缘分吧。”

解悄然拽了一下他：“先别写了，说说你的打算。”

吴文化抬头，痛快地说：“我想以最快的速度把我们的婚事办了，还想让你生一个漂亮的宝宝，这可是咱军垦战士的第二代。”

解悄然不好意思：“就你着急。”

吴文化：“我想当爹了。”

不大的卫生队里，肖迎春和路华各自忙活着自己的事情。肖迎春正在消毒，路华给一个战士注射盐水。

路华安顿好战士后，从桌子上拿起几个小纸袋，向门外走去："迎春，我去趟连队，有几个战士感冒一直没好，我给他们送点药。"

肖迎春没抬头，应了句："好，快点回来。"

路华走得急，门外墙脚处蹲着的一个人，呼地站起来，吓了她一跳。

路华定神，才认出是郝根生，"妈呀，吓死我了。"

郝根生："路华，我们结婚吧！"

路华："郝排长，你这又是何苦呢？即便我答应你了，你也没有爱，因为我根本就不爱你！"

郝根生说："如果我要了你，你还会去问他有没有爱吗？……回答我！"

路华说："我也会问他是否爱我，如果一段感情只有人，没有爱，多可悲。"

郝根生说："我就要你这个人，告诉我，你跟不跟我？"

路华说："我不能！"

郝根生突然想起："路华，你还欠我一笔账呢！"

路华："你说。"

郝根生说："在叼羊比赛那天，你答应，如果我们赢了，你亲我一口。可你至今也没亲。"

路华想起来了，叼羊比赛那天，是她用激将法，让郝根生参加了比赛，郝根生他们赢了，她的承诺还没有兑现。

路华说：“我现在就可以兑现，以后你就别缠着我了。”

郝根生说：“我知道你是个说话算数的女孩。”

路华说：“郝排长，这可是我第一次亲男人。”

郝根生说：“我信。”

路华在郝根生脸上亲吻了一下。郝根生满足，没有纠缠，他回到宿舍，拿起一瓶白酒，咕咚，咕咚……一气喝了下去，然后，跌跌撞撞走出房间。

月光下，郝根生衣冠不整，手上还拎着一个酒瓶，瓶子里的酒所剩无几。他步子不稳地走着，嘴上还嘟嘟囔囔：“没……有……爱，我多可悲……”他蹲在路边，带着哭腔，“团长啊，感谢呀！都怪我不好哇，人家看不上我呀。俺爹俺娘算是指望不上我了，抱孙子肯定没戏了。”嚎哭完，又站了起来，晃晃悠悠地向团部方向走去。

另一条村路上，海那尔带领着几个民兵在巡逻，他们手里拿着手电筒，警惕地查看着四周的情况。

喝醉了的郝根生一脚深一脚浅地走着，远处小屋的灯光吸引了他的注意。

小屋的灯光温暖地散发着光芒，看了让人心动。窗玻璃上贴着鲜红的“喜”字窗花，很显然这是一对新婚夫妇的房间。

郝根生停下脚步，愣愣地看得入神。

这时，房门被推开，一个女兵的身影走了出来，是去院子里收晾晒洗过的衣服。

郝根生出现幻觉，好像一排女人迎面走来，他半蹲下身向女兵方向移动。

女兵丝毫没有觉察，收着晾晒的衣服，一脸幸福。

郝根生敏捷地从女兵后面扑上去，一手捂住女兵的嘴，一手托女兵的腰，抱起来就跑。

女兵挣扎地踢着双腿，很快，软软的身子已没有抵抗，毕竟郝根生是警卫排长，身手过硬。

海那尔他们正巡逻着，突然，听到异常的响声，警觉地向四周看去，听到脚步杂乱且伴着气喘吁吁。

庄稼地里传来女人的尖叫声，伴着男人呵斥。

海那尔反应警觉，带领民兵冲了过去，五六只手电筒的光束同时照在正在反抗的女兵和郝根生身上。

刺眼的光晃得郝根生睁不开眼。

海那尔吃惊地喊道："郝排长！"

郝根生的酒意彻底醒了。

"好大的胆子。"徐祖雄拍案而起，怒发冲冠。

参加会议的干部也义愤填膺。

"太不像话了，哪像一个解放军战士！"

"把我们解放军的脸都给丢尽了，必须严肃处理！"

"影响确实很坏，极大地破坏了骑兵团在驻地老百姓心目中的形象。"

王喜凤："徐团长，怎样处理才能挽回影响？"

徐祖雄："事实清楚，按军纪交由军事法庭处理，大家知道，强奸是死罪，是要枪毙的啊！"

会场顿时一片哗然。

政委说："徐团长，郝根生平时表现也不错，是不是由我们团内部处理？"

大家附和："是啊，是啊。"

徐祖雄态度坚决："军队有军队的纪律，任何人违纪、违法，决不姑息！立即移交军事法庭。"

王喜凤："徐团长，这事能否再商量商量，因为情况特殊。"

徐祖雄瞪着眼睛看她："什么情况特殊，在骑兵团，纪律、法律就是红线，谁也不能越过这条红线。"

这时，路华进来了，她说："徐团长，郝排长是因为我不同意和他好，才把事情搞成了这个样子，是我伤了他的心。"

徐祖雄："革命军人顶天立地，有天大的情绪也不能干伤天害理的事。"

郝根生被移交到军事法庭。

徐祖雄在办公室烦躁不安地踱步，狠命地抽着烟。

屋内烟雾弥漫。

"报告！"门外响起女兵的声音。

徐祖雄："进来。"一个女兵缓缓走了进来，正是那位收衣服的女兵。

徐祖雄先是一愣，没有想到会是她找上门来，歉意地说："坐吧，让你受委屈了，对不起！我向你道歉。”

女兵怯怯地看着团长：“徐团长，我不是这个意思，我是为郝排长求情，请枪下留人。”

徐祖雄吃惊，不解道：“郝根生侵犯了你，你这怎么还要替他求情？”

女兵：“他侵犯了我，理应受到惩罚。虽说他对我起了歹意，但也没能得逞，这就把他枪毙了，我替他惋惜。毕竟他在骑兵团也是一位老兵，战功显赫……”

徐祖雄打断了女兵的话：“女兵同志，你的善良，让我很感动，但一是一，二是二，这是原则问题。法律面前，人人平等。”

很快，军事法庭的判决下来了，郝根生犯强奸罪，事实清楚、证据确凿，本人对犯罪事实供认不讳，依法判处死刑，立即执行。

军号声响彻山谷。

全团官兵列着整齐的队列，表情严肃。

郝根生穿着没有领章的军装，双手被反绑着站在队列前面，身旁站着两个身背钢枪的战士。

徐祖雄训话：“同志们，在这里我们召开严肃的处理大会，对发生在我们队伍里的恶劣事件进行严厉惩处。我们不远万里来到新疆，肩上担负着党和人民的重托，保卫边疆，建设边疆。对残匪和分裂势力，要运用霹雳手段，决不手软，对各民族同胞，要有菩萨心肠。今天我们的心情都很沉重，郝根生曾在战场上与我们共生死，是和我们一起从枪林弹雨中走过来的，是我们的阶级兄弟，但这账要一码一码算，我们是一支纪律严明的军队，对违犯军纪者，决不姑息！不能把战争年代立下的功绩，转化成和平年代为所欲为的资本！我们的党不答应，我们的军队不答应，我们的人民更不答应！”

空气凝固了，安静得没有一丝声响。

军事法庭下达死刑执行令。

战士上前将郝根生押走。

郝根生边走边发出撕心裂肺的喊叫：“兄弟姐妹们，我罪有应得，对不起了！”

在场的官兵无不为之动容，战士们的脸上布满泪水。

徐祖雄面无表情，十分冷峻。

“砰！砰！”两声枪响，惊扰了山谷的宁静，惊飞了树林的群鸟。

徐祖雄孤孤单单地坐在河滩的石头上，望着流淌的河水。他缓慢地从口袋里拿出烟盒，用火柴点上两支烟。他没有马上吸，而是将其中一支放在面前的小块石头上，一支拿在手上。

徐祖雄喃喃自语：“根生兄弟，哥对不住你了，你在那边还好吗？此时此刻你要是在我的身边，亲口听我对你说，那该有多好哇。兄弟，哥向你赔不是！为了严明军纪，为了部队的荣誉，为了群众的利益不受侵犯，法律不讲情面，我不得不这样做，你能理解我的苦心吗？你在九泉之下能够理解我吗？”

徐祖雄泪流面，思念像犁河水源远流长。

15. 跟你在一起

这年冬天，伊犁河谷奇寒。

这天，路华做了件期待已久的事，炒一份葱爆羊肉，装在饭盒里，给徐祖雄送过去。天已黑了，风风火火的她，轻手轻脚来到徐祖雄宿舍门口，很庆幸，没碰着她熟悉的人。门是掩着的，她听了听，里面一点声音也没有，推门一看，徐祖雄靠在椅子上睡着了。

徐祖雄是一个爱干净的男人，只是最近工作太忙太累，屋子未加收拾，炉子的火也不旺。路华急忙进屋，给炉子加煤，把饭盒轻轻放在炉子上，又烧了一壶水。路华麻利地帮徐祖雄打扫房间，十来分钟，房间收拾得干干净净，这活，没有女人还真不行。忙碌中的路华很轻、很小心，但徐祖雄还是醒了。

“怎么没喊报告就进来了？”

“你门开着还要喊报告？”路华做了个鬼脸

“开着门也得喊报告，这是纪律。”徐祖雄故意做出严肃认真的样子。

“报告！”路华调皮地说。

“进来。”徐祖雄习惯地回应。

“我已进来了，哈……哈哈！”路华标准的银铃般的笑声响彻屋子，那样天真、那样阳光、那样纯洁。像一缕阳光暖暖照在徐祖雄身上，徐祖雄故作严肃的表情瞬时间就融化了。

“瞧，屋子多冷啊！”

伊犁的煤，质量特别好，不一会儿，屋子已暖，炉子上的水也开了。路华熟悉这间屋，她不止一次来打扫收拾过，东西放在什么地方，她再熟悉不过了，许多东西的摆放都出自她的手。她给祖雄又沏上一壶茶，徐祖雄告诉过路华，在苏联的时候，大雪纷飞的时节把屋里炉火烧旺，用铜壶煮上好茶，就着面包、果酱、方糖，一种温暖感、幸福感会油然而生。路华记住了，在这样一个冬日，为他沏上了他最喜欢的砖茶，这茶雄浑奔放又不失甘甜温存，真是茶如其人、茶如人生。有次路华往祖雄的砖茶里添加了些伊犁河谷的天山红花，据说它有安神的功效，祖雄喝了赞不绝口，从此天山红花配砖茶，就成了路华的保留节目。

徐祖雄品着路华的天山红花茶，目不转睛地看着她。一身军装，没有半点装饰，朴朴素素。徐祖雄喜欢她这个样子，军人嘛，应该像个军人样，只是路华没戴军帽，露出了那一头又黑又亮的秀发。

“太像了，太像了，和路沂长得太像了！”徐祖雄默默地想。这飒爽英姿，甚至连做家务活都一样干练，路华真的越来越像她姐姐了。

路华并没有注意到徐祖雄的眼神，依然忙碌着，然后才抬起头，对着徐祖雄神秘地说：“你猜，我给你带什么来了。”

“你能给我带来什么呢？”徐祖雄虽有几分好奇，但仍流露出不在意。

路华打开饭盒，香喷喷的葱爆羊肉出现在徐祖雄的眼前，“哇，你这个小路华，也会做这道菜！”

“你喜欢我当然要会做。”路华满脸自豪和得意，“知道你口重，在这盘葱爆羊肉里，我特意加了几颗辣椒。”一双筷子送到徐祖雄手上。“喝酒吗？”路华轻轻地问。

“行啊，你，小路华，喝！”路华感染了祖雄，他朗朗地回应。

路华又变出一小碟花生米，从徐祖雄柜子里拿出一瓶酒，“二两，今晚只能喝二两。”她边倒酒边说。

“不行，天这么冷，你做的葱爆羊肉又这么香，得喝四两！”徐祖雄高兴地讨价还价。

“你还要翻番呀，不行，只能加半两。”路华往杯里又加了一点。

徐祖雄笑了：“今晚听你的，你说了算。”

路华厨艺真不错，这份葱爆羊肉，不比玛依拉餐厅的味道差，因为辣椒多放了点，徐祖雄吃得酣畅淋漓，不一会儿就满头大汗。“真香，好久没吃过这么香的爆炒羊肉了。”说着，一大口酒下去。

“瞧你，二两半酒，几口就下去了，你多久没喝酒了！”路华试探着问:“要不今晚我陪你喝一杯！”路华给自己倒了点酒，又给徐祖雄添了一点，不等徐祖雄回答就把酒杯端起，“来，干杯！”

“为什么？”

路华思考了一下，“庆祝全团超额完成生产、训练任务，成为军区先进。”

“嗯，算一条，干！”

两人一饮而尽。徐祖雄不禁回忆起在苏联时和路沂也曾这样举杯畅饮。他忍不住看路华的脸，却发现路华正用充满爱意的眼神望着自己，他慌忙逃离那双小鹿般的双眸。

路华又为他俩各斟上一杯，从自己怀里取出一本书，是那本《大众哲学》，她把它放在桌上，摊开，一副虚心请教的样子，问：

“徐团长，您说在量变的过程中质在表面上没有显著的变化，这应该叫什么？”

“教过你的呀，这叫‘质的相对静止’。”

“那这种相对静止超过了一定的度，又会发生什么呢？”

“傻丫头，这也记不住？质变，质变啊！”徐祖雄头上的汗冒得更厉害了，似乎觉得没教会这个学生是他的失职，又补充说“由量变转为质变，质变后又转为新的量变，这就是质和量互相转变的规律。记住了么？”

“哦，记住了。”路华认真地点点头，心细地拿出手帕，轻轻擦着徐祖雄头上的汗水。不一会儿，徐祖雄又是大汗淋漓，路华再次拿出手帕，轻轻擦着。屋子温度太高，菜太辣，可路华心里高兴！

男人嘛，就应该这样，该出汗时，要出汗，不能憋着。

路华的脸蛋红扑扑的，大口酒下去，把自己的汗也逼出来了。

“祖雄，一人的感情，也是从量变到质变，对吧？”

“对呀！”

“那俺上次对你讲的事还记得不？”路华大胆地说。

“啥事？”

“明知故问！”路华热辣辣的目光，紧盯着徐祖雄。

“你还太小，再说……”

“年龄不是理由！你不喜欢俺？”

“不！”

“俺做的菜不合口味？”

“不！”

“那为什么？”

“路华，眼下团里还有许多事……”

“别说了，俺只问你喜欢俺不！”

“喜欢，可是……”

“我就是要跟你在一起！跟我的英雄，一个真正的男人在一起！”

纯真的路华热血沸腾，她扑向徐祖雄，紧紧拥抱，湿透的衣服连在一起，两个脸蛋紧紧贴在一起，分不清是泪水还是汗水……

路华深情的拥抱让徐祖雄措手不及，他本想推开路华，或许是因为酒劲，或许是来得太突然，他也无法控制自己，和路华紧紧拥抱着，谁也没说一句话。不知过了多久，还是路华打破沉默，柔情地说："祖雄，今晚我留下吧！"说完，把头深深埋进徐祖雄怀里。

路华的心像小鹿一样在他怀里跳跃着，乌黑浓密的长发散出伊犁河谷特有的薰衣草的芳香。

面对这个善良的深爱着的女孩，徐祖雄醉了！

"不，路华，乖，会有这一天的。"徐祖雄回归理智。

"为什么？！"

"以后你会明白的。"

"我现在就要知道。如果你不要我，你必须亲口告诉我！"路华的执着让徐祖雄不知如何是好。路华不依不饶，绯红的脸蛋儿像燃烧的火。

徐祖雄停顿了很久，很久，才转身从抽屉里拿出个红布包，默默地递给路华。

路华撒娇地说："俺不要。"

"听话，回去看了你就明白了。"

路华几乎疯了，非要徐祖雄当面说出一个理由。

徐祖雄却怎么也找不出更合适的话，只是很无奈地把那红布包塞给路华。他不能说更多了。他心中的话是幼稚的路华无法理解的。只有等她慢慢成长才懂得。屋里一时鸦雀无声，这样的相对静止，让路华感觉喘不过气来。一边哭着一边猛地抓起红布包，冲出门外。

穿过刺骨的寒风，路华哭着进了自己的"地窝子"，趴在被子上哭得更伤心了。这是为什么！为什么啊！她想不通，祖雄是她的团长，她的老师，更是她心中的神。他那传奇的英雄人生，他那没有延续下去的爱情故事，都深深地感动着她，令她落泪，让她想为他付出一切，让他拥有一切。路华每时每刻都在感受，在欣喜，在期待，可祖雄为什么那么无动于衷，那么铁石心肠！

路华倒海翻江想了很多，她想到了“抓阄”牵手的那天。拿起信，“沂”，徐祖雄那满怀深情的一个字，就足以让路华泪眼滂沱。她一封一封慢慢地读起，泪不停地落在信纸上。

沂：

现在，新疆稳定了，我们又担负起屯垦戍边的重任，一手拿枪，一手持镐，战争把我们的战士铸造成特殊材料，他们是干柴，时刻可以燃烧；他们是烈火，随时可以燎原。他们大多数没有成家，大多数是大龄同志，谁都知道，几年了，都没碰过女人。我心中有你，始终有一个家，但他们又怎么办呢？有些同志想不通，原以为解放了全中国就可以回老家，可以娶媳妇，可以有热炕头热被窝。从农村参军打仗，出生入死，现在却要留在遥远的新疆屯垦戍边，“家”成了目前最紧迫的大难题啊。有时候，真不知道怎样去面对这些铮铮铁骨的汉子们，他们需要柔情去融化，需要亲情去抚慰。沂，要是你在身边就好了，你那么善解人意，从来都把这些安抚工作做得很好。

这些信，慢慢解开了她在心中的疑团，却又令她痛不欲生。

沂：

今天要告诉你一个好消息，你那失散的妹妹我找到了！然而让我难以启齿的是怎样去让她接受你已牺牲的事实，尤其是你因为我而牺牲，牺牲得那么壮烈！真是难啊！不过，沂，你放心，路华妹妹是一个非常可爱、非常真诚的孩子，我一定会照顾好她，这是我与你今生今世最后的约定啊！

路华从祖雄的那些信里，淅淅秀舞出一幅完整的画面，她似乎身临其境看见了路沂的英勇献身，感受到祖雄的心痛、绝望、悲愤和报仇雪恨！不知哭了多久，路华的泪都哭干了。她想，这些年，祖雄不得不压抑着自己的情感，把那份苦、那份思、那份爱埋在心底，专注于骑兵团的南征北战；专注于男女战士的屯垦戍边；专注于军马场的“汗血宝马”，祖雄，你可真是一条汉子啊！

路华终于读到了最后的一封，这一封似乎墨迹未干：

沂：

按原我俩的约定，这两年来我一直默默地关心着路华，培养她、锻炼她、成就她。路华很争气，不愧是革命后代，不愧是你的妹妹。然而，在这样的过程中，我又不知不觉爱上她。她有许多地方太像你了。这让我很矛盾，甚至很痛苦。我反复追问：自己是不是在爱，该不该去爱。我是不是因为对你思念太深而把对你的爱转移给了她？这样对她不公平。而问题复杂的是，她也明白无误地告诉我说她深深地爱上了我，非我不嫁。我不知该怎么办！今晚一轮明月，心绪从伊犁河谷飞到伏尔加河畔，回到我俩河边漫步，一块儿哼唱。穿过茂密的白桦林，踏开世界不平路的动情时刻。我想你，又深爱她。这是一种怎样的境遇，我心在疼！沂，你说，我到底该不该去爱？

真正的男人啊！为自己深爱的女人，即使对方早已离开人世，依然能如此执着，如此专一，如此动容！路华明白，徐祖雄的人生价值，感动得让你不再问为什么。是啊，没有为什么，爱不需要问为什么，爱不需要任何理由，爱也不需要说对不起，爱是可以用生命来交换的。

路华哭不出声了，她在心底里不停地说：姐姐啊，我一定替你照顾好这个男人。她也更加坚定了一个信念：用自己的余生来疼爱这个男人！

王喜凤到骑兵团后，她一直被女兵们成为大姐，视作亲娘。“抓阄”牵手那天，徐祖雄当着大伙的面念出的是王喜凤，他要完成对路沂的承诺，照顾好路华，更不能将全团最小最漂亮的小姨子娶走！在那个特殊的年代，当干部的要做出表率，他知道路华在爱他，他也坚守着对路沂的那份感情。当徐祖雄决定要娶王喜凤时，路华崩溃了。徐祖雄的理智，让路华感到害怕，她认为徐祖雄是胆怯的、是伪君子、是自私的，是为了当官而抛弃了自己。而王喜凤是虚伪的！太有心机！横刀夺爱！

喜凤无法解释清楚这件事，她不知道徐祖雄为什么会作出这样的决定，但她的内心是窃喜的。这次是徐祖雄选择了她，她没有做对不起路华的事，但表面上她选择沉默，希望时间能冲淡这一切。她去找过路华，告诉她，自己内心是坦荡的，是真心要成全路华的。

路华说，成不成全她不知道，但徐祖雄是她一辈子的男人，希望喜凤姐不要在意。

更令人没想到的是命运捉弄骑兵团的另一对有才华的年轻人，解悄然和吴文化牵手后，很快走进了婚姻的殿堂，解悄然怀孕了。而在此时，她却不幸地难产了。在师部医院办公室里，徐祖雄听取情况汇报，气氛紧张。

主治医生："团长，孕妇过度劳累，动了胎气，早产下一女孩。婴儿状况良好，孕妇由于失血过多，目前生命垂危。"

徐祖雄："医生，请你无论如何想办法把她救过来！"

主治医生："好！"说完带领其他医护人员再次进入急救室。

徐祖雄痛苦地望向窗外。

屋内安静极了，只听到挂钟"滴答滴答"的走动声。

吴文化和王喜凤早已到了医院，大家焦急地等待着。

主治医生和护士推门出来，人们围了上去。

主治医生对徐祖雄、吴文化沉重地说："我们已经尽力了，大家进去告个别吧！”

吴文化泪如雨下。

在场的所有人都痛哭失声。

面色苍白的解悄然无力看着大家，勉强地笑道：“你们都来了，真没想到我们还能见面！亲爱的战友们，我多么希望能永远和你们在一起！”

大家默默地流泪。

吴文化从护士手中接过婴儿，抱给解悄然看，泪流满面地对解悄然说：“悄然，看看我们的孩子吧，是一个和你一样漂亮的女孩。”

解悄然努力地笑了一下，有气无力地说：“长大后，让她跟着阿依古丽学舞蹈。”

吴文化潸然泪下泣不成声：“悄然，你知道吗，我还是，想和你牵手，牵手一辈子！”

解悄然：“文化，这是咱俩的缘分！我就爱听你弹‘冬不拉’，给我唱一首欢乐的歌吧！”

“冬不拉”琴声，悲怆，凄凉，如泣如诉……

尾　声

难忘又一年，骑兵团彻底剿灭了流窜在伊犁河谷周围的残匪，在这次剿灭残匪的战斗中，徐祖雄一马当先，生擒残匪头子。师首长和地方上的领导，还有巴拉斯提大叔和他的两个女儿玛丽娜、赛丽曼，都特地赶到伊犁河谷骑兵团团部这边，出席祝捷大会。这次祝捷，又是一次党政军民的大聚会，大联欢。

会上，在热烈的掌声中，女县委书记龚小敏代表当地政府向骑兵团赠了一面鲜红的大锦旗。她说："向骑兵团致敬。致敬你们为保卫边疆、社会稳定、经济建设、民族团结所做的贡献，全县各族人民都感谢你们，拥戴你们。军民团结一家亲啊！愿骑兵团精神在伊犁河谷发扬光大，愿骑兵团精神在伊犁河谷永远传唱！"

接着，师长发表了热情洋溢的讲话。

同志们：

我代表师党委祝贺你们，你们全歼了残匪，取得重大胜利，保卫边疆安宁，为新疆各族人民营造了和平幸福的环境。

骑兵团是一支英雄的部队，是一支具有光荣革命传统的部队。你们发扬了延安精神，发扬了三五九旅的光荣传统，成为伊犁河谷一支“军垦铁军”，我向你们致敬！

同志们，在这里，我还要向大家宣布一个特大喜讯，经中央军委批准，新疆军区生产建设兵团正式成立了。我们师，整体划入生产建设兵团建制。我们一定要谨记毛主席的命令“你们现在可以把战斗的武器保存起来，拿起生产建设的武器。当祖国有事需要召唤你们的时候，我将命令你们重新拿起战斗的武器，保卫祖国”，一定要发挥好“生产队、工作队、战斗队”的模范作用，圆满完成屯垦戍边的伟大任务！

全场掌声雷动，锣鼓喧天。

师长接着宣读了嘉奖令，给团长徐祖雄记一等功，给邱可法等十位战士分记二等功、三等功，全团集体二等功。同时，军区授予王喜凤同志为“优秀共产党员”称号。

男女战士们流泪了，王喜凤流泪了，路华流泪了。路华望着徐祖雄一脸的严肃，心想，“我可敬可爱的男人，真正的‘西域雄鹰’，姐姐没做到的事，我一定完成好。”

“还有个好消息，请你们徐团长来宣布！”师长向徐祖雄挥挥手，示意让他说。

“我宣布，”徐祖雄大声说，“经过团党委研究，并报师党委批准，同意破格招录布鲁安同志成为一名光荣的军垦战士，同时为更好地培养他，安排布鲁安同志去乌鲁木齐读书学习。”

掌声中，小布鲁安在哈里巴依大叔的陪同下走来。哈里巴依大叔恢复得不错，已经能自己拄着拐杖走路了。

大家一起上前，将小布鲁安高高抛起。一片欢呼。

“感谢哈里巴依大叔和库尔佩娜依大妈！”师长大声说，“在我们困难的时候，是民族兄弟帮助我们，为我们养育革命烈士的后代，我们都要学习这种精神。批准布鲁安成为军垦战士，并送他去乌鲁木齐读书，体现出我们对革命烈士的敬仰，体现出军民鱼水情深，更体现出新疆各民族兄弟亲如一家！”

为了掀起祝捷大会的又一个高潮，师长提议让徐祖雄表演马术。

勤务兵牵来三匹马。徐祖雄一个口哨，三匹马狂奔。徐祖雄瞅准时机，向右侧身一把抱住“汗血宝马”昂扬的脖子，脚下滑行几步，借力贴住马的肚皮，一个纵跃，翻身骑在马上。他双腿紧紧夹住马，勒住缰绳，只听见马一声长嘶，便如风般奔腾起来。这匹马，就是那位巴拉斯提大叔送给骑兵团饲养的。

另两匹马，各扬起四蹄，紧跟着，马蹄翻滚着扬起一阵阵尘土，在人们的视野下升腾起来，又在顷刻之间被风吹散。

徐祖雄不时在三匹马上来回飞行，保持坐骑这匹马的速度，同时又以十分优美的姿势在马上射击。枪枪中靶，个个靶心。白马、黑马、“汗血宝马”在草原上飞驰，每匹马都保持着充沛的体力，保持着歼敌的勇气。

在热烈的欢呼声中，徐祖雄回来了，只见他将自己温顺地贴在马背上，在“汗血宝马”的鬃毛中埋下自己的脸，马脖子的毛发轻抚着他，这种温柔的感觉让他久违了，那温柔到底是什么？是母亲、是爱人，还是什么？这温柔的力量给了他无比的安慰。这次表演太完美了。全团的欢呼声，各民族兄弟的欢呼声已证明了一切。

“报告师长，徐祖雄表演完毕，请指示。”徐祖雄坐在“汗血宝马”上，左右两边一匹白马、一匹黑马，好威武。

这时，路华骑着一匹骏马，由邱可法牵着，盛装舞步踱来。

徐祖雄跳下马来，微笑地欣赏着路华的表演，突然，邱可法牵的马惊了，路华尖叫着随马而奔，她控制不了这匹烈马。在众人的注视下，徐团长飞步赶上，惊险一跃上了路华骑的马，他右手揽着路华的腰，左手控制缰绳，在飞奔中驾驭着烈马。那马在他的驾驭下渐渐平静下来，恢复了常态，有些不好意思似的稳稳开始在远处漫步。

大家对这场有惊无险的插曲报以更为热烈的欢呼声。

路华俏皮地望着徐祖雄。

蓝天、白云、伊犁河水，天山、草原、伊犁河谷，一幕一幕映衬着徐祖雄和路华。此时此刻，天地间似乎只有他俩。

天际边，仿佛回荡起一曲动情的《伊犁河谷之恋》：

手捧天山红久久凝望
想念远方最爱的姑娘

初恋第一眼让我常思常想
离别那一刻早已泪眼汪汪

手捧天山红久久凝望
想念远方最爱的姑娘
伊犁河水静静流淌
伊犁河谷我心中的向往

美丽的姑娘姑娘啊！
我是你头顶上那只勇敢的雄鹰
美丽的姑娘姑娘啊！
你是我泪中丰美无边的牧场

27 年后

前几日，秋风又起，一地的飘叶，一地的黄，落叶给大地留下了最好时光。今日突然风停，太阳挤破云层，阳光洒满伊犁河谷，河水闪着金光。

一位老人坐在烈士陵园门口，他就是徐祖雄，阳光直射，他费力地将眉眼慢慢地舒展。

27 年了，陵园里躺着他的战友，是他熟悉的人。

27 年的守望啊！他每天都会来，都会陪战友们坐一会儿，静静地向战友们述说，他觉得这是一种心灵上的安慰，战友们走了，有许多事得告诉他们。

陵园沉默，来看他们的人沉默。

陵园上空，盘旋的雄鹰沉默。

27 年了啊！往事如烟。

徐祖雄再次想起了他抓阄‘牵手’的那天。一幕幕在脑海里翻滚。抓阄牵手后不久，师部政治部熊干事来到骑兵团，熊干事告诉徐祖雄，师首长看上路华了。他说，师首长虽年龄大了点，但身体硬朗，虽结过婚，但老家早来信告知之，老婆已离开人世，这些年，师首长一直是单身，只要路华同意，立即调她去军分区医院工作。希望徐团长能出面协调，成全这桩美事。

徐祖雄已明显感觉到组织上对他的压力，熊干事已明显提醒他注意对找伴侣上的选择，他最终的决定也是不明智、不成熟的，还有些自私。

路华曾问过徐祖雄“怎么办？”徐祖雄选择沉默，路华失望，她没想到徐祖雄如此自私，她的心已死，毅然坚决拒绝了师首长提婚的要求。

后来，徐祖雄离开了骑兵团，升任军分区副司令，就在那一年，他和王喜凤结婚。结婚那天，路华去了结婚的现场，送上衷心的祝福，但是徐祖雄从路华的眼神里读出了泪水与痛苦。路华没有参加婚礼后的晚宴，她一人走到伊犁河边，望着流淌的河水，冲击着她心里的痛。

也不知为什么？新婚那天，徐祖雄想起了路华曾向他大胆的表白，“我真想为你生一堆孩子！”

徐祖雄哈哈笑出了声，真是个天真的傻妹子：“个个像你一样美丽、阳光！”

“像你一样，成为‘西域雄鹰’！”路华说道。

这段对白，存封了一辈子，每当回忆起不知是幸福？还是苦涩？

路华的祝福，路华的离开。那夜，山不动，地不动，云岭雪杉不动，那夜，徐祖雄和王喜凤并没有新婚的激动，或许都是过来人吧！

新婚后，已当上军分区副司令的徐祖雄最想做的事，在骑兵团团部背后向阳的山坡上修建一座陵园，将那些随他进驻伊犁后在剿匪中，在屯垦戍边中牺牲的战友安葬在陵园内。

烈士陵园进门的左右两侧修建了纪念馆，馆内挂着牺牲战友们的照片、生平，进门处还有一座雕像，一名威武的骑兵战士，骑在战马上，挥舞军刀，驰骋在疆场上。烈士陵园成为爱国主义教育基地。

1954 年 10 月，新疆军区生产建设兵团成立，徐祖雄被任命为副师长，这一年他们的儿子出生，取名徐安。又过了几年，徐祖雄当上师长，又过几年，徐祖雄上调到兵团司令部任副参谋长，王喜凤带着徐安也随迁到乌鲁木齐。

苦情难诉，路华一人留在伊犁，她选择了独身，她一辈只爱过一个男人，而这个被她爱的男人没有选择她，她不理解徐祖雄对自己的绝情？特别是后来她知道了，“抓阄”那天，徐祖雄抓到是自己，念出的却是王喜凤的名字，她恨？她想不通。执着真的成了罪恶。

如果徐祖雄大声念出纸条上写的是路华，结果又会是怎么样？他的政治前途真的毁了吗？他应该知道，自己可是愿意用全部的青春岁月来深爱这个男人啊！

1966年，“文化大革命”爆发，已任兵团司令部副参谋长的徐祖雄被抓，有人揭发他是苏修，即苏联修正主义的特务。批斗、游街，最后还被丢进了监狱。更让人不理解的是，批斗徐祖雄时，王喜凤也被抓去，参加陪斗，脖子上挂着“苏修特务老婆”的牌子，不远处的徐祖雄挂着“苏修特务”的牌子，现场上，徐安撕裂不停地叫“妈。”王喜凤精神崩溃了。徐祖雄是无辜的啊！后来，她被告知，一是要写检举揭发材料，证明徐祖雄是苏修特务；二是划清界限，唯一的办法就是“离婚”，否则她也会被送进监狱。王喜凤无奈，一方面她对徐祖雄充满感情，另一方面又充满矛盾。离婚，对不起徐祖雄，不离婚，儿子又怎么办？最终，她还是选择了离婚，离婚不久精神的打击，让她一蹶不振，她后悔“离婚”，虽是被逼无奈，但伤害了徐祖雄，也伤害了自己。严重的焦虑，她精神不正常了，她“疯”了。身心摧残，她一病不起。

得知消息的路华，从伊犁赶到乌鲁木齐，刚进门，看见喜凤躺在床上，鼻子歪斜，眼睛浑浊，徐安跪在床边，“姐……”听见路华的声音，昏迷的喜凤突然清醒，或许这就是回光返照吧。她说，徐安就交给你了，还有，徐祖雄也交给你了，他不是苏修特务，路华我对不起你，……断断续续说完这些，喜凤走了，永远离开了人间。

路华明白，这是把徐安托付给了自己。她处理好喜风的丧事，带着徐安回到伊犁，独自一人扶养徐祖雄唯一的儿子。

1978 年，徐祖雄无罪释放，留下一身病，那一天是路华去接他的。一个手提包，是他全部家产，路华自己也不知咋的，除了流泪，一句话也说不出来。徐祖雄木讷，只是呆呆望着路华，他没有眼泪，路华强装笑脸，迎接着徐祖雄。

回到家里，路华炒了一盘葱爆羊肉，也许是辣椒放得太多，徐祖雄潸然泪下，他望着路华，岁月的痕迹，镌刻在她脸上。或许是老了，真的放下了。她就这么简单，简单得可爱，傻乎乎的。他俩并没有结婚，路华无悔地照顾着这个男人，他俩不再提骑兵团，连喜凤的名字也很少提及。两颗彼此孤独太久的心，很难再碰撞出新的火花。他俩就这么厮守着，搀扶在漫漫人生路上。用生命去搀扶着这个人，路华认为值！

1978 年，徐安被推荐上北京大学。1982 年，徐安大学毕业，将他母亲王喜凤的骨灰安放在伊犁河谷的烈士陵园，他每年的清明都回伊犁。徐安后来成为一名工程师，在北京工作，他把父亲和路华一起接到北京，住了几个月，徐祖雄以生活不习惯为由，仍坚持回新疆，徐祖雄说："回伊犁吧！"路华说："好！"他离不开伊犁，离不开烈士陵园，他成为陵园的守陵人。

解悄然去世后，吴文化没有再娶，独自扶养女儿吴姗姗，或许是继承父母的文化基因，吴姗姗成为新疆军区文工团著名舞蹈演员。

吴文化留在伊犁，他常来找徐祖雄一起喝点小酒，常常聊起骑兵团的那些事。

张大力后来当上副团长，在一次抗洪救灾中，光荣牺牲。肖迎春独自一人带着儿子平静的生活。

邱可法和郑招娣结婚后，生了两男两女四个孩子，大儿子到北京上学，大女儿和小儿子回到上海，小女儿在身边。

1984年，徐安发起将他儿时的小伙伴和当年骑兵团的后代们齐聚伊犁，在烈士陵园前，隆重举行仪式，向他们的父母，向为建设新疆、保卫新疆而牺牲的第一代“军垦母亲”，第一代“西域雄鹰”致敬！

后 记

我几乎每年都去新疆，新疆的变化，深深触动着我们这些曾在那里生活工作过的人。每一次去，感觉都是新的，那么美好，那么顺其自然。

20 多年前，我曾写过一部中篇小说《戈壁垦荒人》，反映的是一个盲流支边青年大仓，用他粗壮的体格为新疆的农垦献出青春年华。后来，还计划写《戈壁情》《戈壁缘》《戈壁恨》三部作品来反映新疆生产建设兵团的军垦战士们。后来，一纸调令，让我离开了新闻出版战线，计划就落空了，写《伊犁河谷》，纯属偶然。一群曾在新疆生活工作过的朋友，提议写部小说、拍部电影、拍部电视剧。现在他们事业有成，但他们对新疆生活那段历史文化还深深眷恋。从何入手写，不是一部小说就能完成的事。放在历史的长河中，放在世界人类史上，这是一个壮举，这是前无古人，后无来者的壮举。新疆军区生产建设兵团成立之初，十七万雄性的力量，撑起了西域的脊梁，先后到达新疆的十七万母性的温柔，孕育了云杉参天、山花烂漫，生生不息，演绎了多少可歌可泣的故事。它不是小说，它是一页页真实翻过的沉重而鲜活的日历。他们不仅仅经历了这个挑战，经历了人性、人格、人的生存底线的挑战，而且还越过了这个挑战。它是经得住多角度，多学科来认真研究和探索的人类精神活化石。不是简单的移民文化、民族文化或其他文化就能囊括的，我的血沸腾了，我抵不住诱惑，抱着写一漏万的心态，又开始了苦行僧的创作生活。写作是痛苦的，又是快乐的，它不断激起我对生活的回忆。回忆是美好的，哪怕是过去的痛苦。我曾在帕米尔高原上，亲吻青青草香；我曾在伊犁河谷旁，守望粼粼波光。正是这段历史，让我一开始创作，内心里的情感就都汇聚在一起。

说归说，真动手还是让我焦虑不安，不由得产生一种莫名的伤感和喜悦，以至于需要努力压抑过去曾经的痛苦，不堪回首的冲动，尽可能把那段历史真情反映出来。我激励自己，该忘掉的要忘掉，努力把过去最美的情感淋漓尽致地反映出来。就这样，我打开尘封的内心，虽然太久太久，却真的是那么美好。我去石河子军垦展览馆查资料，湿润的眼睛，一早已被他们打动了。那是中国第一代军垦战士，是真正的“西域雄鹰”，那是中国第一代军垦。

女兵，是真正的“军垦母亲”，伟大啊！而更为宝贵是他们的第二代、第三代仍是建设新疆、保卫新疆的主力军。

基本框架完成后，再一次去新疆，回访第一代军垦女兵，她们大多已是 80 多岁的老人，她们的包容，让我用心去记录她们的泪花，告诉我要讴歌她们：历史要记住她们，新疆生产建设兵团不能没有她们，祖国和人民不能忘记她们。

我发现，进入创作阶段，内心里的情感变成了伊犁河水，它要奔腾，它要流淌。笔下的人物活灵活现，我无法抗拒自己的思路，他们就在眼前。他们在倾诉、他们在述说，他们曾经彻骨的孤独，让我“疯”了，常常半夜起床，陪伴着他们，记下那一段一段难舍的思念。

在制作过程中，我知道自己心灵在碰撞，是那样痛。既要深爱上作品中的人物，还要超越自己在新疆时的生活，她让我意志更坚定。那段挥之不去的生活，使我内心更多了一份渴望，漫长的人生经历告诉我，把自己带回岁月的轮回，找回青春的影子，去追寻那段兵团记忆之河，用不同的生命感受，让读者快乐起来。写出人见人爱的“西域雄鹰”，人见人爱的“军垦母亲”。写出他们革命的英雄主义和浪漫主义的情怀，写出他们相逢于人人向往的伊犁河谷，留下一串串革命的、浪漫的爱情故事，写出伊犁河谷之美。美人、美事、美景，因为这里是回归自然最美的地方。

累了，停笔一个多月，让我反思自己。多少次梦见你，天山雪茫茫。多少次思念你，神往大牧场。漫坡的牛羊，马背上的姑娘，那是难以忘怀最美的地方。是啊，这就是新疆，这就是伊犁。